# 黒太刀《くろだち》

## 北町奉行所捕物控②

長谷川 卓



祥伝社文庫

# 目次

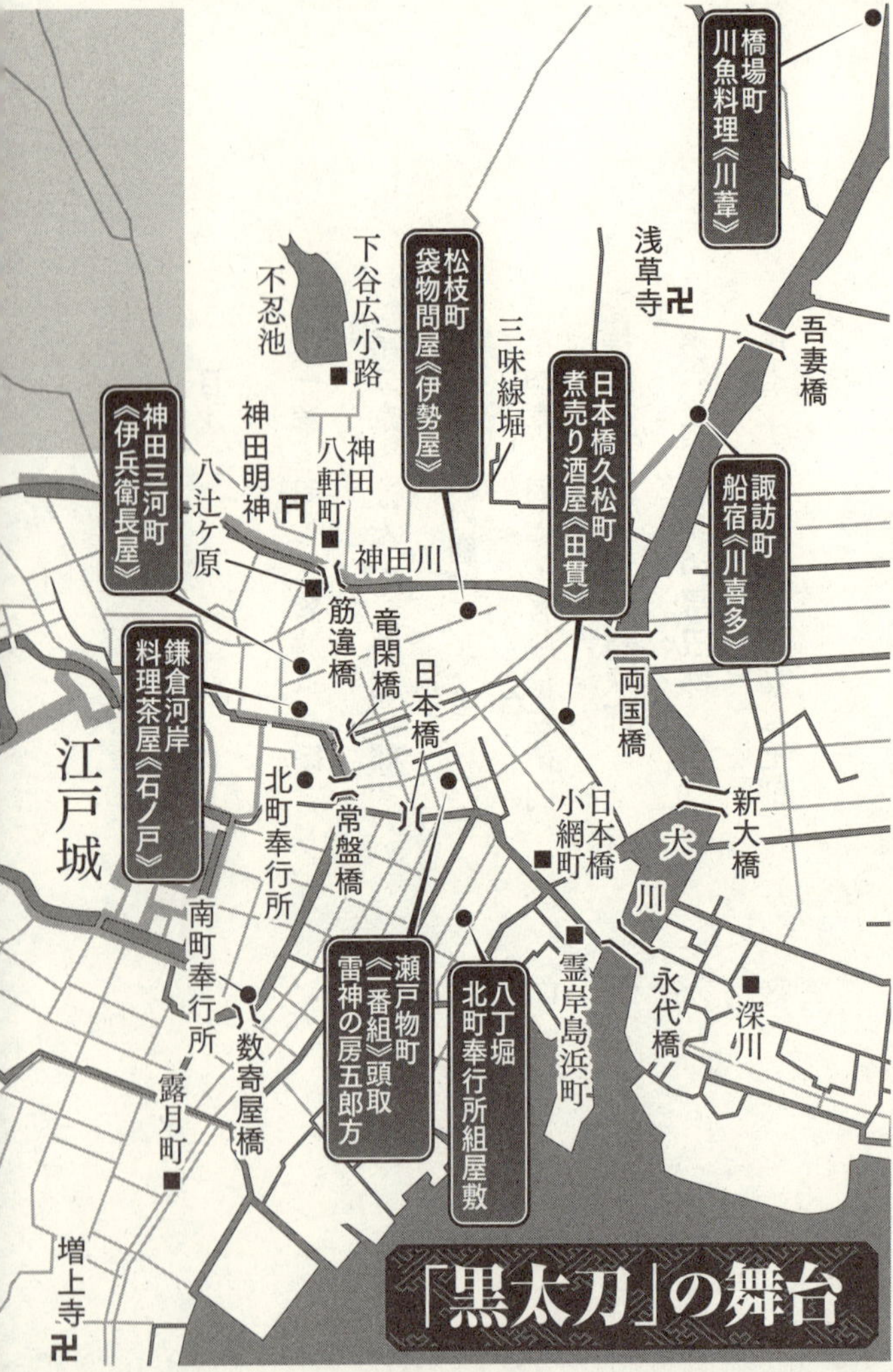

橋場町
川魚料理《川葺》
浅草寺
吾妻橋
松枝町
袋物問屋《伊勢屋》
下谷広小路
不忍池
三味線堀
日本橋久松町
煮売り酒屋《田貫》
諏訪町
船宿《川喜多》
神田三河町
《伊兵衛長屋》
神田明神
神田
八軒町
八辻ケ原
神田川
筋違橋
竜閑橋
両国橋
鎌倉河岸
料理茶屋《石ノ戸》
日本橋
江戸城
北町奉行所
常盤橋
日本橋
小網町
新大橋
大川
霊岸島浜町
南町奉行所
永代橋
深川
数寄屋橋
瀬戸物町
《一番組》頭取
雷神の房五郎方
八丁堀
北町奉行所組屋敷
露月町
増上寺
「黒太刀」の舞台

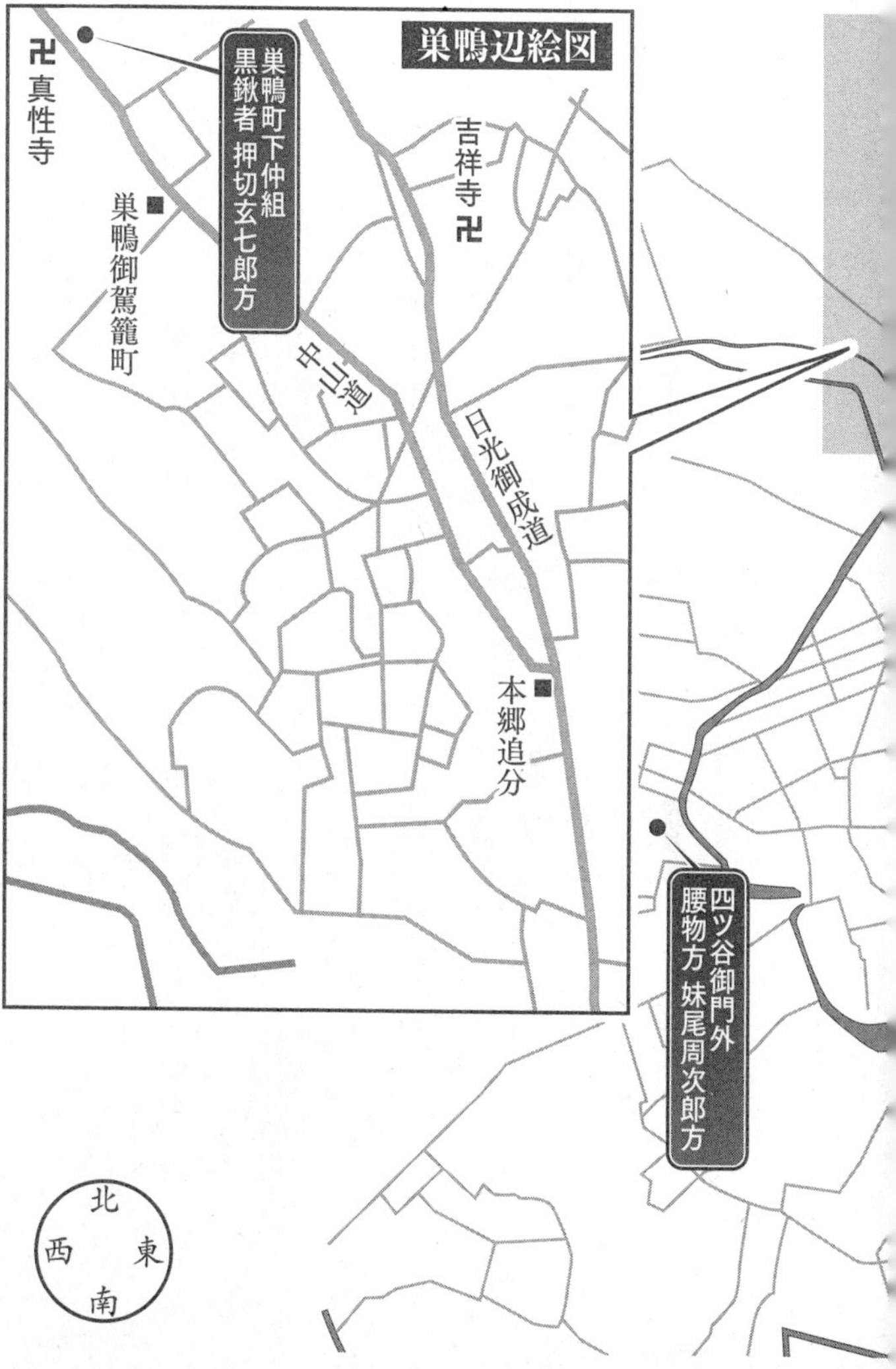

巣鴨辺絵図
巣鴨町下仲組
黒鍬者 押切玄七郎方
真性寺
吉祥寺
巣鴨御駕籠町
中山道
日光御成道
本郷追分
四ツ谷御門外
腰物方 妹尾周次郎方
北
西
東
南

【登場人物紹介】

北町《きたまち》奉行所臨時《ぶぎょうしょりんじ》廻《まわ》り同心《どうしん》
鷲津軍兵衛《わしづぐんべえ》
妻女　栄《えい》
息《そく》　竹之介《たけのすけ》
養女　鷹《たか》
岡《おか》っ引《ぴき》　小網町《こあみちょう》の千吉《せんきち》
下っ引　新六《しんろく》、佐平《さへい》

北町奉行所臨時廻り同心
加曾利孫四郎《かそりまごしろう》
岡っ引　霊岸島浜町《れいがんじまはまちょう》の留松《とめまつ》
下っ引　福次郎《ふくじろう》

北町奉行所定廻《じょうまわ》り同心
小宮山仙十郎《こみやませんじゅうろう》
岡っ引　神田八軒町《かんだはちけんちょう》の銀次《ぎんじ》
下っ引　義吉《よしきち》、忠太《ちゅうた》

北町奉行所定廻り同心
岩田巌右衛門《いわたがんえもん》

北町奉行所例繰方《れいくりかた》同心
宮脇信左衛門《みやわきしんざえもん》

北町奉行所町火消人足改《まちびけしにんそくあらため》同心
野田耿之介《のだこうのすけ》

北町奉行所年番方与力《ねんばんかたよりき》
島村恭介《しまむらきょうすけ》

北町奉行所内《うち》与力
三枝《さいぐさ》幹之進《みきのしん》

腰物方《こしものかた》
妹尾《せのお》周次郎《しゅうじろう》景政《かげまさ》
中間《ちゅうげん》　源三《げんぞう》

町火消《一番組》頭取《とうどり》
雷神《らいじん》の房五郎《ふさごろう》

町火消《い組》
平人足《ひらにんそく》　文吉《ぶんきち》

《計《はか》り虫《むし》》　半三《はんぞう》
川魚料理《川葦《かわよし》》女将　破魔《はま》
殺しの請け人　隼《はやぶさ》の八《はち》

黒鍬者《くろくわもの》
押切玄七郎《おしきりげんしちろう》
妻女　小夜《さよ》
娘　蕗《ふき》

# 第一章　同心《どうしん》・鷲津軍兵衛《わしづぐんべえ》

## 一

陰暦五月――。

江戸は、端午《たんご》の節句《せっく》が終わると間《ま》もなく梅雨《つゆ》に入る。梅雨は小一か月続き、五月二十八日両国《りょうごく》の川開きの頃に上がる。

六月に入ると、空はからりと晴れ上がり、水無月《みなづき》の名の通り、雨の降らぬ酷暑《こくしょ》が始まる。江戸の住人たちは、涼《りょう》を求め、大川端《おおかわばた》に繰《く》り出し、船遊びに興《きょう》じる。八月の二十八日までの三か月、大川端は花火と夕涼みの客を目当てにした屋台が並び、縁日のように賑《にぎ》わうのである。

安永《あんえい》四年（一七七五）、この年は、いつになくぐずついた日が続いていた。五月の声を聞く前から梅雨入りでもしたかのように、二日に一度は雨が降った。

七日の日も朝方から昼にかけ、煙《けむ》ったような雨が降っていたのだが、日の沈む前には雲が切れ、上がった。

神田橋御門《かんだばしごもん》外にある三河町《みかわちょう》一丁目から竜閑橋《りゅうかんばし》北詰までを鎌倉河岸《かまくらがし》という。江戸城築城の際、鎌倉から船で運んで来た大石を荷揚げした河岸なので、鎌倉河岸と名付けられた。

料理茶屋《石《いし》ノ戸《と》》は、鎌倉河岸から河岸横町に折れ込んだところにあった。

朝からの雨が葉を洗い、土を湿らせ、門脇の柱行灯《はしらあんどん》の灯《あかり》をにじませていた。田《た》沼意次《ぬまおきつぐ》が老中職《ろうじゅう》に就《つ》いて三年、《石ノ戸》は土地《ところ》の問屋や株仲間などの寄合の場として、夜遅くまで煌々《こうこう》と灯《とも》が灯されていることが多かった。

その《石ノ戸》の裏手、通称ねこや新道《しんみち》の材木置き場の陰に、男がひとり、ひっそりと身を潜《ひそ》ませていた。男の名は、半三《はんぞう》。男の住む渡世《せかい》では《計《はか》り虫《むし》》と言われている、調べ屋だった。標的とした者の趣味・嗜好《しこう》から行動まで、細大漏《も》らさず計ったようにきっちりと調べ上げるところから、尺取《しゃくと》り虫の異名である《計り虫》と呼ばれていた。

河岸の方からねこや新道へと折れて来る足音がした。六ツ半（午後七時）。約束の刻限だった。密《ひそ》やかな歩みは、待ち人に相違《そうい》なかった。半三はそれでも尚《なお》、姿がはっきりと見えるまで動こうとはしなかった。それが半三だった。

相手も心得ていた。気配を読み、歩みを止めると、半三の隠れている方に顔を向けた。半三が材木の陰から滑り出た。

「お待ちしておりやした」

変わるものだ、と相手の身形《なり》を見ながら半三は思った。いつもの継《つ》ぎ接《は》ぎだらけの着物ではなく、大小を腰に、羽織《はおり》袴《はかま》を身に着け、月代《さかやき》を青々と剃《そ》り上げた姿は、大名家か大身《たいしん》旗本家の用人《ようにん》と言っても遜色《そんしょく》はないだろう。これが、殺しを行なう時の請け人の姿だった。姿を変えるよう勧《すす》めたのは、殺しの《元締《もとじめ》》だった。

――人に姿を見られた時のことを考えますと、常とは異なる身形《みなり》の方がよろしかろうか、と。

請け人に異存はなかった。着替えと場所を調《ととの》えるのは、もうひとり仲間に加わっている文吉《ぶんきち》という男の役目だった。古着屋で仕入れ、ひとつのお務めごとに焼き捨てた。

半三は、この請け人の、物慣れぬ素朴《そぼく》さと確かな腕に、好感を抱いていた。

「では……」

半三は、請け人を導きながら《石ノ戸》の裏木戸から庭へと入った。

築山《つきやま》の脇の小道を通り、池を回ると奥に座敷が並んでいた。

「狙《ねら》う相手は、あの離れにおります」

既に酒宴は始まっているようだった。酒で饒舌《じょうぜつ》になった声が池を渡って来る。

「始まって、どれ程になる？」

「小半刻《こはんとき》は経《た》っていようかと」

「渡り廊下の下で待とう。合図をな」

「心得やした」

請け人は左手で腰の太刀《たち》をぐいと握《にぎ》り締めると、飛び石の上を足音も立てずに走り去った。

更《さら》に四半刻（約三十分）が過ぎた。

笑い声とともに障子《しょうじ》が開き、男が廊下に出て来た。いかにも大店《おおだな》の主《あるじ》らしい、ゆったりとした歩みで渡り廊下の方へと歩を進めている。

（間違いねえ、奴だ）

半三は木陰から開いた掌《てのひら》をそろりと突き出し、四本の指を折り、残る一本で男を指さした。

と同時に、渡り廊下の下から黒い影が躍《おど》り上がり、驚き固まっている男の肩口から袈裟《けさ》に斬《き》り下ろした。太刀が深々と男を斬り裂いたのは、遠目にも分かった。男は声も立てずに、その場に頽《くずお》れた。

止《とど》めは刺せぬ。一撃がすべてとなろう。請け人として初の務めをする前に漏らした言葉だった。その通りに、これまでの三回の務めも一撃で仕留めていた。

斬り終えた後の逃げ足も速かった。斬った相手が倒れかけた時には、その場を離れていた。

請け人は呼気《こき》の乱れもなく裏木戸まで駆けると、北の方向に足を向けた。北へ九町《ちょう》（約九百八十メートル）行くと昌平橋《しょうへいばし》に出る。それを渡ろうとしているのである。

半三は、請け人の背を見詰めながら闇《やみ》を透《す》かし見た。請け人より半町（約五十四メートル）程離れたところで男の影が湧《わ》いた。文吉だった。尾《つ》ける者がいないか確かめるのも、文吉の役目だった。

半三は、両襟《えり》をすっと撫《な》で下ろしてから、東に向かって歩き始めた。間もなくして、《石ノ戸》の方から女の悲鳴が聞こえて来た。

# 二

夜空を見上げた。雲の切れ間から星が瞬《またた》いている。

北町奉行《きたまちぶぎょう》所臨時廻り同心《どうしん》・鷲津軍兵衛《わしづぐんべえ》は、軽く舌打ちをして、本石町《ほんこくちょう》の通りを見渡した。小伝馬町《こでんまちょう》の牢屋敷《ろうやしき》の前を通り、常盤橋御門《ときわばしごもん》内にある北町奉行所に戻る道すがらであった。

常ならば夕七ツ（午後四時）には勤めを終え、組屋敷への帰途についているのだが、五日前の夜中に付け火をし損《そこ》ねて逃げた者があり、以来風烈廻《ふうれつまわ》りと町火消《まちびけし》人足改《にんそくあらため》の同心を中心に、市中を交替で見回っていたのである。この夜は、軍兵衛が助《す》けとして見回る番であった。

鷲津軍兵衛は五十一歳になる。十三の年に無足見習《むそくみならい》（無給の見習）として奉行所の門を潜《くぐ》ってから三十八年間を奉行所で過ごして来た古兵《ふるつわもの》だった。

小銀杏《こいちょう》に結った髷《まげ》、着流しに三ツ紋付きの黒羽織。その羽織の裾《すそ》を帯に挟み上げて丈《たけ》を詰め、袖《そで》は閂《かんぬき》差しにした刀の柄《つか》にのせる。八丁堀《はっちょうぼり》の同心だと、一目で分かる姿だった。歩みに合わせて、巻羽織が小粋《こいき》に揺れた。

乱れた足音に気付いたのは、前を行く岡《おか》っ引《ぴき》の千吉《せんきち》だった。

「旦那《だんな》、誰か駆けて参《めえ》りやすが」

竜閑橋の方から常夜灯の仄明《ほのあ》かりを背にして、堀端を駆けて来る男がいた。

「行ってみろ」

千吉が、下《した》っ引《ぴき》の新六《しんろく》とともに駆け出した。もうひとりの下っ引の佐平《さへい》は、軍兵衛の背後から動こうとしない。

「どうした？　傷《きず》が痛むのか」

佐平は、二月に起きた『風刃の舞』の一件の折、弩《ど》という強弓《ごうきゅう》で右肩を射貫かれ、安房《あわ》に戻って養生していたのだが、お江戸を離れていたんじゃ、逆に落ち着かねえからと江戸に舞い戻って来たところだった。まだ三月《みつき》前に、子分になったばかりである。

「このような時は、後ろの者は旦那についているように言われておりやすもので」

「そうか」

千吉が十手《じって》を翳《かざ》して、お店者らしい男の行く手を遮《さえぎ》った。男が背後を指さして、何か訴えている。

「何か起こりやがったな」

　軍兵衛に遅れじと佐平が地を蹴《け》った。堀端に着いた。鎌倉河岸が見通せた。提灯《ちょうちん》を手にした人影が慌ただしく動いている。あそこか。

「旦那、袋物問屋の《伊勢屋《いせや》》が、《石ノ戸》で何者かに斬り殺されたそうでございやす」

「見た奴はいるのか」軍兵衛が千吉に訊《き》いた。

「逃げた後だそうで、誰も見てはおりやせん」

「いつの話だ？」

「まだ斬られて間もないそうで」

「どっちへ逃げたかも分からねえんだな？」

「そのようでございます」

　千吉が答えた。軍兵衛が男に訊いた。

「お前さんは？」

「申し遅れました」

　鎌倉町の自身番《じしんばん》の店番《たなばん》だった。

《石ノ戸》から変事を知らされ、自身番に詰めていた店番が、月番の南町《みなみまち》奉行所に走ったのだ。その途中で軍兵衛らに出会ったのだろう。店番は、表店などの番頭や手代が務めていた。

「では、もうひとっ走りしますんで」店番が言った。

「南町に行こうってのか」

南町奉行所は、十八町（約二キロメートル）程先の数寄屋橋御門《すきやばしごもん》内にある。

「へい……」

「殺しとなりゃあ、一刻を争う。月番も非番もねえ。案内しろ」

「よろしいんで？」店番が訊いた。

「よろしかねえが、月番に回している暇がねえ」店番に答え、次いで新六に言った。「このことを奉行所に戻って、島村様《しまむら》か岩田《いわた》に伝えろ」

年番方与力《ねんばんかたよりき》・島村恭介《きようすけ》は最古参の与力で同心支配役であり、岩田巌右衛門《がんえもん》は軍兵衛のひとつ年下で定廻り《じようまわ》同心の筆頭だった。

「そして軍兵衛が、手隙《てすき》の者がいたら五、六人回してくれと言っていた、と伝えるんだ。分かったな」

「承知いたしやした」

新六が駆け出した。

「行くぞ」

軍兵衛は、千吉と佐平、そして店番に言った。

駆けながら佐平が千吉の袖を引いた。

「何でえ?」

佐平は店番の背を目で指すと、おかしいですぜ、と小声で言った。

「鎌倉河岸から南町奉行所《みなみ》へは、神田橋御門を通る方が近いと思うのでやすが、わざわざ遠回りをしていやす。何かありやしやせんか」

佐平の鼻が得意げに動いたのも束《つか》の間、

「怖かったんだろうよ」

千吉が即座に答えた。

「御屋敷の門限は、だいたい宵《よい》五ツ（午後八時）だ。その刻限を過ぎた大名小《だいみょうこう》路《じ》は、人気《ひとけ》が絶えている。素人《しろうと》衆が殺しを知らせに走れる道じゃねえ。それにな、こっちを走れば俺たちのようなのに出会《でくわ》すこともあるって訳だ。人通りのある方を選ぶのが人情ってもんじゃねえか」

しかし、駆けている堀端の通りにも人気はなかった。

「今夜は雨の後だから、こっちにもいねえけどよ」

竜閑橋を渡った。佐平の足に鈍《にぶ》るものを見て取った千吉は、言葉を添えた。

「なぜと思うのはいい。だが、それに酔うな。俺も若い頃によく言われたもんだ。誰もが通る同じ道だあな」

鎌倉河岸を折れ、《石ノ戸》に着いた。店の者が店番の労をねぎらっている。

「斬った奴の足跡を踏むといけねえ。ここから動かねえようにな」

軍兵衛は店番らに言い残すと、店の者の案内で庭を通り奥へと入った。

夥《おびただ》しい血の量だった。軍兵衛は、燭台《しょくだい》を集めさせ、血溜《ちだま》りに浸《つ》かった亡骸《なきがら》を見下ろした。身体を斬り裂く程の勢いで斬ったのだろう。斬った者の腕が察せられた。侍《さむらい》と見て、間違いないだろう。その者は、まだ立ち去って間もない。せめて風体《ふうてい》、もしくは逃げた方向のひとつでも分からないか。

逃げて間もないからと、奉行所から助けを呼んだのに、何の指示も出せないのでは、駆け付けてくれた者たちに申し訳が立たない。

軍兵衛は、燭台の明かりを頼りに、渡り廊下と廊下近くの庭を嘗《な》めるように見回した。

渡り廊下の脇に、小さな凹《へこ》みがあった。何か重い物に、不意に押さえ付けられたような凹みだった。何だ？　燭台の灯を近付けた。爪先《つまさき》で踏み切った跡のように見えた。そう思って見ると、雨で柔らかくなった土に、藁《わら》で擦《こす》ったような筋が付いていた。

「草鞋《わらじ》か……」

軍兵衛の呟《つぶや》きに、千吉が直《ただ》ちに応じた。

「旦那、何か分かりやしたか」

手で待つように示してから、渡り廊下の下を調べた。膝《ひざ》を折り、《伊勢屋》が出て来るのを待っていたのだろう。草鞋の跡が残っていた。《伊勢屋》を斬り殺した者は、裏から入り、庭を抜け、渡り廊下の下に身を潜めて待ち、《伊勢屋》が通る瞬間を狙い、渡り廊下に飛び上がって斬り殺したのだ。

「筋は読めたぜ」

軍兵衛が言った時、奉行所からの助けが着いた。助けは十二人いた。最年少の定廻り同心・小宮山仙十郎《こみやませんじゆうろう》と古参の同心のふたりに、岡っ引・神田八軒町《はちけんちょう》の銀《ぎん》次《じ》を始めとする手の者たちだった。最年少と言っても、仙十郎の歳《とし》は四十を数えている。市中の人の動きに精通し、異変に臨機応変に対応するには、それだけの経験が必要だった。

「こんな刻限に済まねえが、草鞋を履《は》いた侍が、この半刻のうちに通ったかどうか、手分けして訊いてもらいてえんだ。訊くのは」

東は竜閑橋から神田堀に沿って、乞食橋《こじきばし》、主水橋《もんど》、今川橋《いまがわ》、東仲橋《ひがしなか》、地蔵橋《じぞう》、火除橋《ひよけ》、九道橋《くどう》、甚兵衛橋《じんべえ》。北は筋違橋《すじかい》を中心に、東に和泉橋《いずみ》と新シ橋《あたら》。西に昌平橋と水道橋《すいどう》。

「橋の数が多くて申し訳ねえな」

調べを終え次第、奉行所に知らせに戻ってくれるよう頼んだ。仙十郎が銀次に、明日の出仕《しゅつし》は中間《ちゅうげん》と行くので、見回りまでに奉行所の控所に来ればいいと言っている。助けの者たちが《石ノ戸》を飛び出して行った。

一行を見送った軍兵衛は、佐平に《石ノ戸》に程近い連雀町《れんじゃくちょう》の医師・杉本敬順《すぎもとけいじゅん》を呼んで来るように命じた。

軍兵衛ら臨時廻りや定廻りの同心は、長年の経験と検屍《けんし》の詳細を綴《つづ》った『無冤録述《むえんろくじゅつ》』を読むなどして検屍法の一通《ひと》りを心得ていたが、近くに医師のいる場合や、病死と見られる場合は、進んで医師に検屍の協力を仰《あお》ぐように年番方与力から申し付けられていた。口腔《こうこう》とか肛門《こうもん》や陰門から釘《くぎ》や焼けた針《はり》を打ち込んで殺害に及ぶなどの、悪質な殺しが起こるようになったからだった。

軍兵衛は座敷に上がると、酒宴の仲間と座敷付きの仲居らから話を聞いた。

酒宴は、仲間である袋物問屋のひとりに孫が生まれた祝いの集まりで、一月《ひとつき》前に日取りと場所が決められた。そのことは、それぞれのお店では多くの者が知っていた。また、《伊勢屋》に関して悪い噂《うわさ》はなく、それどころか仏の弥右衛門《やえもん》と言われる程の好人物であった、と仲間の皆が口を揃《そろ》えた。

この日も、酒宴が始まってからはいつものように上機嫌で、小用《しょうよう》に立ったのは半刻が過ぎた頃だった。廊下を走る音も、庭を駆ける音も、《伊勢屋》が倒れる音も何も聞こえず、仲居の悲鳴を聞き、離れを飛び出して、初めて異変に気付いたということだった。

仲居にしても、廊下にも庭にも人影などは見ていなかった。

他の客の中にも、離れに向かう怪《あや》しい人影を見た者は誰もいなかったことから、殺しを行なった者は《石ノ戸》の内部から廊下を通って渡り廊下に向かったのではなく、裏から庭伝いに近付いたものであることが判明した。

次いで軍兵衛は、医師が来る前に亡骸の有り様を書き留めておくよう千吉らに命じた。

軍兵衛から懐紙《かいし》を受け取った千吉が、矢立筆《やたてふで》を取り出し、新六が計った亡骸の位置を細かく記し始めた。

「二本目の柱から一尺（約三十センチメートル）のところに左手。右手は身体の下。顔は右を向いておりやす」

これは、殺しを行なった者を捕らえ、吟味《ぎんみ》した際の口書《くちがき》（供述書）に添付されるた後、例繰方《れいくりかた》に回され、資料として残されるため、詳細に書くことになっていた。永尋《ながたずね》になった時は、後に同様の殺しが起こった時の参考になるので、手抜きは許されなかった。永尋とは、調べが続行されていることになってはいるが、実際は現在で言う迷宮入りとして調べが打ち切りになっている事件のことを言った。

「そんなところでいいだろう。後は、敬順先生が来てからだ」

《石ノ戸》の主に座敷を一間借り、油紙を敷き詰めた。

亡骸を移し終えたところに、《伊勢屋》の番頭と手代が駆け付け、少し遅れて佐平と医師の杉本敬順が現われた。番頭と手代が泣き叫んでいる間に、軍兵衛は敬順に検屍をしてくれるよう頼んだ。

「恐らくは刀傷《かたな》だけだと思うのですが、声を立てていないところからすると、何かを打ち込まれたとも限らない。そこを見ていただきたい」

「分かりました。調べてみましょう」

軍兵衛は、立会人として《石ノ戸》の主と《伊勢屋》の番頭を座敷に残すと人払いをした。

敬順の命ずるまま、千吉と新六が《伊勢屋》の着物を脱がせた。

袈裟に斬られた傷口が露《あらわ》になった。

斬り口の皮と肉が縮まり、溜まっていた血が溢《あふ》れ出し、白い骨が見えた。

《石ノ戸》の主と《伊勢屋》の番頭が、瘧《おこり》のように身体を震わせ、座敷の隅に逃げた。

軍兵衛は亡骸の脇に片膝を突き、斬り口を覗《のぞ》き込んだ。

凄《すご》い斬り口だった。肉と骨を、容赦《ようしゃ》なく断《た》ち斬っている。斬ることに、寸毫《すんごう》の迷いもなかった。十二分に踏み込み、殺す気で斬っていた。

弥右衛門の手と腕を見た。刀傷はなかった。これは、咄嗟《とっさ》に身を庇《かば》う間もなかったことを意味していた。それだけ動きが素早かったのである。そこに至り軍兵衛は、斬り口に見覚えがあることに気が付いた。

千吉を見た。千吉は、落ちがないよう傷口を細かく書き留めている。

立会人を見た。目を閉じてはいるが、しっかりと聞き耳を立てていた。敬順が新六に手伝わせ、亡骸の向きを変えさせている。

「敬順先生」と軍兵衛は、思いを飲み込み、尋ねた。「何か気付かれたことは？」

「新しい傷はないのですが、背と足に古傷が幾つかありますな」

背には長さ五寸（約十五センチ）程の傷が三か所、足には太股《ふともも》と脹脛《ふくらはぎ》に三寸程の傷が二か所あった。傷口の色は薄茶色に褪《あ》せていた。

「刀傷ですな。それも相当古い」軍兵衛が言った。

「三、四十年は」と敬順が答えた。「経っているでしょう」

大店の主とは思えぬ傷だった。それも卑怯《ひきょう》傷と言われる背後から受けた傷ばかりである。千吉に書いておくように言ってから、番頭を呼んだ。

「ちいっと来てくれねえか」

番頭が、座敷の隅から這《は》うようにして近付いて来た。

「弥右衛門は、元は二本差しかい？」

「へっ？」

番頭は一旦《いったん》言葉を切ってから、僅《わず》かに首肯《しゅこう》した。

「するってえと、入り婿《むこ》って訳か」

「と聞いておりますが」

何分お店に奉公する前の話なので、詳しいことは知らないという答えだった。それがお店の秘密なのか否か、軍兵衛には分からなかったが、己の口から漏れたとあっては番頭がお店に居辛《づら》くならぬとも限らない。

「誰に訊いたら分かる？　御内儀《おないぎ》か」

「後は、大番頭の芳兵衛《よしべえ》なら存じているかも知れません」

「お前さんの上に、大番頭がいるのかい？」

「はい。大番頭がひとり、番頭は手前を含めてふたりおります」

「旦那が斬られたのに、何ゆえ大番頭が来ねえんだ？」

「大番頭は、仕入れ先の絹《きぬ》織物問屋の集まりに出ておりまして、そちらは早速手代を走らせております。もうひとりの番頭は、若旦那様のお供をして買い付けに京の方へ行っておりまして、お店にいたのが手前という訳で、どうもお役に立たなくて」

「若旦那の帰りは？」

「京から出雲《いずも》へ足を延ばすということですので、直ちに知らせを送りますが、いつになるかは……」

「分かった。ならば仕方ねえ。こんな時に何だが、お店に行って話を聞きたいんだ。手間は取らせねえから、誰かを走らせて御内儀と大番頭に伝えちゃくれねえか」

「これから、でございますか……」

「旦那の惨《むご》い姿を見ただろう。斬った奴は今頃笑っているかも知れねえんだぜ」

「承知いたしましてございます」

「あの傷だ。身内の衆もお店の衆も驚くだろう。序《つい》でに着物を届けさせ、真っ新《さら》の着物に着替えさせて連れて帰ってやんな」

「よろしいんで？」

「ああ、構《かま》わねえ」

番頭が座敷を飛び出して表の方に走って行った。待っていた手代に、あれこれと早口に命じている。

佐平に敬順を送らせ、新六に番頭の相手をさせていると、

「旦那、いいんですかい？」

と千吉が、小声で訊いてきた。

「《伊勢屋》はこれから愁嘆《しゅうたん》場でございやすよ。明日、落ち着いてからの方が」

「二年前になる」

軍兵衛が何を言おうとしているのか、と千吉は微《かす》かに身構えた。

「似たような斬られ方をした奴がいたのを、覚えちゃいねえか。その時は、首筋だったが」

「二年前、でやすか……」

千吉は、暫《しばら》くの間、目を細めに閉じていたが、やがて思い当たるものがあったのか、「まさか」と叫んで、軍兵衛を見詰めた。

「そのまさかだ。この斬り口は《黒太刀《くろだち》》に違いねえ。出たんだよ、二年振りにな」

《黒太刀》は殺しの請け人と思われた。請け人がいる以上、殺しを引き受ける《元締》がおり、殺しを依頼する頼み人がいることになる。

(取っ捕まえてくれる)

軍兵衛は拳《こぶし》を握り締めた。

《伊勢屋》は、《石ノ戸》から北東《うしとら》の方向に九町、お玉《たま》が池《いけ》の東方松枝町《まつえちょう》にあった。

夜四ツ(午後十時)を回った刻限だったが、《伊勢屋》は昼間のように揚げ戸を吊《つ》り上げていた。

軍兵衛らの姿に気付いた小僧が、お店の中に駆け込んだ。見張りに立たされていたのだろう。手代らしい男が飛び出して来た。

「ご苦労様にございます。お待ち申し上げておりました」

先に立って奥へ誘《いざな》おうとした。

「大番頭は戻っていなさるかい？」

千吉が訊いた。

「はい、戻りまして《石ノ戸》へ行こうとしているところに知らせを受けたので、奥でお待ちいたしております」

「御内儀は？」

「やはり奥で」

「そうかい」

千吉が軍兵衛に振り向いた。軍兵衛は手代に言った。

「長くはいねえ。案内してくれ」

お店に入ると、奉公人たちの目が一斉に注《そそ》がれた。

奥に向かう廊下に、女の奉公人の漏らす啜り泣きが伝わって来た。

（成程《なるほど》、仏の弥右衛門か……）

軍兵衛は声に出さず、口の中で独《ひと》りごちた。

内儀と大番頭の芳兵衛が一緒の座敷に向かい合って座っていた。軍兵衛が座敷に入ると、ふたりは下座に回った。千吉らは、廊下で控えた。

茶が運ばれて来たらしい。千吉が、断っている。

「こんな時に申し訳ねえが」と軍兵衛が切り出した。「一刻も早く、逃げている奴を取っ捕まえたいんだ。知っていることを教えてくれねえか」

「何なりとお訊き下さいまし」

「商いで、誰かに恨《うら》まれるなんてことはなかったか」

「旦那様は仏と言われた御方でございます。誰ぞに恨まれるなどということは、到底《とうてい》考えられません」

「そうらしいな。《石ノ戸》にいた連中も、そのように言っていた。まだお前さん方は見ちゃいねえが、旦那は侍に、それも相当腕の立つ奴に、待ったなしで斬られている。斬られ方から察するに、恨みを持つ者が手練《てだれ》に頼んだのかも知れない。何か、心当たりはねえかい？」

内儀の顔が俯《うつむ》いたまま、強《こわ》ばっている。

「そこで訊くが、旦那は御武家だったのかい？」

「どうして、それを？」

身体に刀傷があったことからの推量だと、軍兵衛は言った。

「背と足に、それも三、四十年は経とうかという古い傷がな」

芳兵衛が内儀を見た。内儀が頷《うなず》いた。

「隠し立てをするようなことではございません。確かに、主・弥右衛門は、以前は武家でございました」

「よかったら詳しく話しちゃくれねえか。刀を捨てた訳を」

芳兵衛が内儀に代わって答えた。

「申し訳ございません。手前が奉公に上がった時は、もう主はお店で働いておりまして、暫くは元お侍だとは知らずにいたような訳で、その後手前も大番頭にまでさせていただきましたので、先代に尋ねたことがあるのですが、もうお店に入った者なのだから詳しく知る必要はないと言われ、それ以上のことは話そうとはなさりませんでした。ただ、当代から昔仇討《かたきう》ちのため諸国を歩いていたことがある由《よし》、一度聞いたことがございました。それ以上のことは」

「御内儀は、どこまで知っていなさるんですかい？」

「私も、多くは知らないのですが」

内儀が発した最初の言葉だった。

「それはまた、どういう訳なんです？」

「元文《げんぶん》四年（一七三九）でございますから、主と私が祝言《しゅうげん》を挙げたのは三十六年前のことになります。主は二十九歳で私は十七歳でした。主がお店に奉公し始めたのはそれより以前、八代様《はちだい》（徳川吉宗《とくがわよしむね》）の御代《みよ》で、私が十三歳の時です」

内儀は、言葉を選びながら続けた。

「祝言の前、母から、主は侍として立派な方だったが、運がなく、仇に巡り会えずにいた。侍を捨て、お店者になる覚悟も確かめてある。あの方なら間違いない、と言われ、実際その通りだったので、何も詮索《せんさく》などしないできていたのです」

「旦那の生国《しょうごく》や仕《つか》えていた御家の名は？」

「敢《あ》えて尋ねませんでした」

大番頭にも訊いた。

「手前も存じません」

「それでも、昔の名くらいは、知っていなさるでしょうな？」

「手代の頃は、宇平《うへい》と言っていたのですが、それも亡き父が付けた名。お侍の時は、確か、何とか斉一郎《せいいちろう》だとかと聞いたような覚えもありますが、何分昔のことなのではっきりとは」

「手前も宇平としか覚えておりません……」

大番頭が力無く言い添えた。

「そうかい。ふたりがそんな塩梅《あんばい》だとすると、他に知っている者は、いねえって訳かい。買い付けに行っている若旦那は？」

「知らないと思います」内儀が言った。「情に疎《うと》いところがございまして。遅くに生まれた子なので、甘やかして育ててしまいました……」

下唇《くちびる》を嚙《か》み締めていた大番頭が、膝を叩《たた》いた。

「どうしたい？」

「もしかしたら、でございますが」

「それで結構だ。心当たりがあるのかい？」

先代弥右衛門夫婦に可愛《かわい》がられていた奉公人がいた。商いには不向きだったが、実直《じっちょく》なのが取得《とりえ》で、台所衆として長年働いた後、お仲《なか》という女子《おなご》衆と身を固め、嫁《よめ》の里に引っ込んでいた。

「その者は、先代が御内儀様とともにお伊勢《いせ》さんに詣《もう》でられた時、下男として同行したのでございます。その道中で、先代は御武家であった当代と知り合ったという話ですから、何か知っているかも知れません」

「その男は何て名だ？」

「喜八《きはち》と申します。お仲の里は、甲州《こうしゅう》街道府中《ふちゅう》宿の手前にあります八幡宿《はちまんしゅく》です。先代の頃は青菜を届けてくれておりましたので、よく覚えております」

八幡宿は、内藤新宿《ないとうしんじゅく》からおよそ五里（約十九・六キロメートル）余のところにあった。松枝町の《伊勢屋》からだとすると片道七里（約二十七・四キロメートル）余の行程となる。

わざわざそれだけの道を歩いて青菜を届けたとなると、喜八の弥右衛門夫婦に対する恩義の程が察せられた。何か知っているかも知れない。

「喜八だが、幾つになる？」

「恐らくは、九十くらいかと」

芳兵衛が平然と答えた。平然と答える歳ではない。軍兵衛は、九十になろうという者を数える程しか見たことがなかった。思わず訊いた。

「生きているのかい？」

「さあ、どうでしょうか」

「どうでしょうかって、知らねえのか」

「今は行き来がないもので」

「そうかい……」

お店の表の方で、泣き声と叫び声が起こった。弥右衛門の亡骸が着いたらしい。

内儀と芳兵衛の腰が浮いた。廊下を小走りでやって来る足音が聞こえた。

「分かった」と軍兵衛が腰を上げた。「今日のところはここまでとしよう。また訊きに来るから、そのつもりでいてくれ」

知らせに来た手代を残し、内儀と芳兵衛が表へと急いだ。

「恐れ入ります。こちらから」

手代に導かれ、軍兵衛らは裏へと回った。履物が移されていた。

表の泣き声が大きくなった。

《黒太刀》の足取りを追った者たちから、報《しら》せが入っているかも知れない。軍兵衛らは、奉行所へ急いだ。

三

北町奉行所は、八丁堀の組屋敷から歩いて四半刻足らずのところにある。

定廻り同心・小宮山仙十郎は、鷲津軍兵衛の姿を探しながら歩いた。

同心が奉行所に出仕する刻限は、朝五ツ（午前八時）である。どこかに姿が見えてもよさそうなのに、どこにも見えない。誰かが、《伊勢屋》を斬り殺した侍の足取りを見付けたのだろうか。そのために、早めに出仕したのだろうか。仙十郎は、少し歩みを速めて奉行所の潜り戸を通った。

臨時廻り同心の詰所を覗くと、軍兵衛が江戸の実測図である『江戸大絵図』を広げていた。仙十郎に気付いた軍兵衛が昨夜の礼を言った。

「何か摑《つか》めましたか」

仙十郎は訊いてみた。

「銀次が、それらしいのを見付けてくれたんだ。大手柄だぜ」

神田八軒町の銀次は、定廻りであった仙十郎の父が手札を与えた岡っ引だった。

「どこですか。和泉橋ですか、昌平橋ですか」

銀次は下谷御成《したやおなり》街道周辺を縄張りにしていた。橋で言うと、筋違橋を挟んで昌平橋と和泉橋の北側一帯ということになる。

「昌平橋だ。夜鳴き蕎麦《そば》の親父《おやじ》が、身形は立派だが足許《あしもと》がいただけねえ、と覚えていたらしい」

「なかなかに鋭《するど》い親父ですね」

「その鋭さに期待して、銀次にもう一度走ってもらった。昨夜の話だ。侍の腰のものは何色だったか、とな。ところが、その親父が河岸を変えちまったので、探すのに手間取っちまったんだ。長々と借りて済まなかったな」

「それは構いませんが、何色って、何か特徴でも」と言って仙十郎が軍兵衛を見詰めた。「黒なのですか」

「あれから斬り口を見ていて、そうではないかと思ったんだ。まだ定かじゃねえが、十中八九《じっちゅうはっく》、間違いねえ」

「皆には？」

「もう直《す》ぐ島村様が来られる。今朝《けさ》御屋敷に寄って、早めに出仕して下さるようにお願いして来たんだ。そこで皆を集めて、言うつもりだ」

与力の出仕は同心より一刻遅い四ツ（午前十時）と決められていた。

「色めき立つのが、目に見えるようですね」

殺しの請け人に《黒太刀》の異名をつけたのは、軍兵衛と同期の臨時廻り同心・加曾利孫四郎《かそりまごしろう》だった。

《黒太刀》によるものと思われる殺しは、過去に三件あった。

第一の殺しは五年前だった。一刀のもとに袈裟懸けに斬り倒された死骸《しがい》が大川端で発見されたのだ。見た者は皆無《かいむ》で、何の手掛《てが》かりも得られなかった。ただ斬り口から凄腕の武士であろうと思われた。

調べが進展しないまま一年が過ぎ、また似たような殺しが起こった。今度は薬研堀《やげんぼり》だった。見事な斬り口が酷似していた。

調べに当たった加曾利と助けについた軍兵衛は、斬り口から一年前の殺しと同一の者の仕業《しわざ》と踏んだ。綿密な探索が行なわれたが、殺された者と繋《つな》がりを持つ武家はいなかった。

――これは、殺された者と殺した者の間には、最初《はな》から関《かか》わりがねえのかも知れねえな。

かと言って、通りすがりの物盗《ものと》りのしたこととも思えなかった。ふたつの殺しとも、殺された者の金子《きんす》には手が付けられていなかった。

――他に考えられることは？

腕の立つ浪人が、闇雲《やみくも》に刀を振《ふる》ったのか。それとも御大身の武家が刀の試し斬りをしたのか。島村恭介に、そのような武家がいないか探りを入れてもらったが、噂に上るような武家はいなかった。

加曾利と軍兵衛は、改めて殺されたふたりの町人を調べることにした。すると、殺された当時には出て来なかった事実が浮かび上がってきた。

まず、大川端で殺された男は、武家相手にあくどい金貸しを内証《ないしょう》でやっていた。返済を責め立てられた者の中には、首を括《くく》った者もいたらしい。

薬研堀で殺された男の方は、物堅い小商いを営《いとな》んでいたという話だったが、よくよく問い質《ただ》してみると、女癖の悪い男であったことが明るみに出た。嫁入り前の娘で自害した者もあったと言う。

ここまで分かってくると、殺した者の像が透けてきた。金で殺しを請け負う武士がいるのだ。

誰かが誰かを殺したいと思う。思ってはみても、己に相手を殺すだけの度胸と技量がなければ、諦《あきら》めるしかない。だが、己に成り代わって憎《にく》い仇を討ち取ってくれる者があれば、縋《すが》り付く者がいたとしても不思議ではない。

加曾利と軍兵衛が足を棒にして聞き込みを続けた結果、薬研堀の料理屋の仲居が、女癖の悪い男が殺されるところを見ていたことが分かった。関わり合いになることを恐れたのと、殺した者への同情から、仲居は黙っていたのだが、仲居頭に話したことで加曾利の耳に届いてしまったのだ。

仲居の目に焼き付いた武士には、これという特徴はなかった。しかし、ただひとつ腰の物が、鞘《さや》も柄も真っ黒だったことが記憶に残っていた。

――黒拵《ごしら》えの刀、黒太刀か。

だが、他に《黒太刀》を見かけた者はなく、調べはそれ以上進まずに《永尋》となってしまった。

第三の殺しは、二年前に起こった。殺されたのは、十手の権威を笠《かさ》に着て町屋の者を食いものにしていた岡っ引だった。この時の斬り口は首筋であったが、首の皮一枚を残して断ち斬るという凄《すさ》まじいものであった。

軍兵衛と加曾利は、この件を扱った定廻り同心の岩田巌右衛門から《黒太刀》であるか否か、意見を求められた。斬り口の鮮やかさは、尋常な腕のものではなく《黒太刀》に相違なかった。即刻軍兵衛と加曾利が助けについたのだが、この時も、見た者はなく、殺しに繋がる有力な聞き込みもなく、調べは行き詰まってしまったのだった。

都合三度の殺しのうち、一度仲居に見られた以外は、《黒太刀》の姿を見た者はいなかった。念入りに段取りを付けた上で、殺しに及んだものと思われた。ひとりじゃねえ。裏に殺しを支える仲間がいるはずだ。軍兵衛はうそ寒いものを覚えたのだった。

（いつか必ず、手前《てめえ》どもを御縄にしてくれる）

自《みずか》らに、そう誓ってから二年が経つ。

軍兵衛は、仙十郎に言った。

「色めき立たれても、まだ何も分かっちゃいねえんだ。ただ、昌平橋が逃げた道筋だとすると、ちょいとは絞《しぼ》られたってことだな」

「逃げた道筋に相違ありませんか」

「まず間違いねえな」軍兵衛が絵図を指でさした。「三十六見附の御門の大扉は六ツ（午後六時）に閉められているし、四ツには町木戸も閉められる。御門を通るためには番人に小扉を開けてもらい、町木戸を通るためには番太郎の手を煩《わずら》わせるしかねえんだ。人に知られずに帰ろうと思ったら、遠回りしている暇はねえ。帰るに一番近い橋を渡ったはずなんだ」

「とは言っても、昌平橋の向こうは、広いですね」

「確かに広い。が、絞られたことに変わりはねえ。これは、大きな一歩だ。銀次によく礼を言っておいてくれ。必ず一席設けるからともな」

「承知いたしました。では私は、定廻りの詰所で待っております」

仙十郎が軍兵衛の側《そば》から離れるのと入れ違いに、当番方《とうばんかた》の同心が現われ、千吉らが来たと言った。

昨夜、甲州街道を八幡宿まで遠出してもらうから、明朝五ツ（午前八時）までに奉行所へ来るように、と千吉と新六に言っておいたのだった。

大門裏の控所に行くと、千吉と佐平が身支度《みじたく》を整えて待っていた。

新六のつもりでいた軍兵衛は、思わず佐平の肩を見た。

「まだ遠出は無理じゃねえのか」

「安房から出て来たんでございやす。片道七里なんざ、大したことではございやせん」

「どうか、野郎の心意気を買ってやっておくんなさい」

千吉が頭を下げた。千吉としては、まだ役に立たない佐平を江戸に残すより、新六を残したかったのだろう。軍兵衛には、その気持ちが嬉《うれ》しかった。

「分かった。任せた」

「ありがとうございやす」

千吉と佐平が言葉を重ねた。

「弥右衛門を狙っていた奴のことだが」と軍兵衛が言った。「請け人を使って確実に殺そうとしたところから見て、恨みは相当深い。これは弥右衛門が二本差しだった頃の恨みに違《ちげ》えねえ。必ず何か聞き出して来てくれ」

仏と呼ばれた弥右衛門が、商売上のことで人に恨まれていた様子はない。お店の者にも慕《した》われていたようだ。殺しの因は、弥右衛門の過去《こしかた》にある。軍兵衛の勘は、そう言っていた。

「九十歳でやすからね、生きていてくれりゃいいんでやすが」

「万一喜八が亡くなっていても、お仲さえ生きていてくれたら何か聞いているかも知れねえ。ふたりとも死んでいたら、俺らに運がなかったってことだ」

「きっと生きていなさいやすよ。安房には九十なんざ、ごろごろしておりやすし」

佐平の言葉に、千吉が力強く頷いた。

「頼んだぜ。これは、路銀と小遣いだ」

紙包みの中には、一分金が四枚と一朱金が十六枚入っていた。一両は四分で、一分は四朱である。一分金四枚で一両、一朱金十六枚で更にもう一両、都合二両あった。

「旦那」

多過ぎると言おうとした千吉を、軍兵衛が遮った。

「使い易いように、細かくしておいた。それから言っておくが、五ツなんぞに呼んだのは、日帰りされて夜中に叩き起こされねえためだ。昨日も遅かったんだ。明日は、日が高く昇ってから帰って来るんだぜ。戻って来たら、その分また動いてもらうからな」

千吉と佐平が奉行所を発《た》って間もなく、島村恭介が出仕し、同心を集め、《伊勢屋》弥右衛門殺しが《黒太刀》の仕業と思われる旨を告げた。

《黒太刀》と名付けた加曾利孫四郎他数名の者が、専従に名乗りを上げたが、島村は彼らの声を制すると、

「乗りかかった船だ。暫くは、軍兵衛に弥右衛門殺しを任せる」

と言い、殺した者が《黒太刀》だと判明するか、判明しそうになった時は、助

けとして軍兵衛に加勢出来るよう、加曾利孫四郎と小宮山仙十郎に待機を命じた。

「《黒太刀》ならば、背後には殺しを命じた《元締》と、殺しを依頼した頼み人がいるはずだ」

その者どもを根こそぎ捕えるためには、皆々気を引き締めてことに当たってもらうしかない。市中でのどんな些細《ささい》な噂でもよい、《黒太刀》どもに関して、何か見聞きしたことがあれば、直ちに、軍兵衛か儂《わし》に知らせてもらいたい。島村は強く念を押してから、同心らを持ち場に戻らせた。

その頃、奉行所を発った千吉と佐平は、内藤新宿へと向かっていた。千代田《ちよだ》の御城を迂回《うかい》して、江戸の町を東西に突っ切り、四ツ谷《よつや》御門を抜け、後は一本道を西へ西へと進む。二里の道程は、ふたりの足なら一刻（二時間）弱もあれば十分だった。

「帰るまで、天気が崩れなければいいんだが」

千吉が空を振り仰いだ。

大川に臨む諏訪町《すわちょう》は、金竜山浅草寺《きんりゅうさんせんそうじ》と浅草《あさくさ》御米蔵の中程にあった。

墨筆硯問屋、扇問屋、明樽問屋などの他、料亭や蕎麦屋などが並んでおり、浅草寺に詣でた町屋の者が気軽に立ち寄り、賑わっていた。船宿《ふなやど》《川喜多《かわきた》》は、賑わいから少し離れた黒船町《くろふねちょう》寄りにあった。

奥の座敷で酒を飲んでいる四人の男がいた。開けられた障子からは、大川を上り下りする舟の姿がよく見えた。

「先生」と髪の半《なか》ばが白くなっている男が、箸先《はしさき》で小茄子《こなす》を摘《つま》み上げて言った。

「これは私の好物でしてね。五月の声を聞くと、もう食べたくて食べたくて、餓《が》鬼《き》のようになっちまうんでございやすよ」

男が小茄子を口の中に放《ほう》り込んだ。髪には白いものがあるが、肌は色艶《いろつや》もよく、張りがあった。

先生と言われた男は、昨夜《こい》《石ノ戸》で、《伊勢屋》を一刀のもとに斬り殺した殺しの請け人だった。小出流《こでりゅう》の遣い手で、名を押切玄七郎《おしきりげんしちろう》と言った。玄七郎は杯を干すと、小茄子の浅漬けを男と同じように口に放り込んだ。

「先生、これは約束の半金でございやす。お受取り下さいやし」

男が懐《ふところ》から取り出した包みを、玄七郎は調べもせずに、己の懐に収めた。包みの中には十両入っているはずだった。前金と合わせると二十両になる。

玄七郎は、御家人《ごけにん》の中でも身分の低い黒鍬者《くろくわもの》という役目にあった。俸禄《ほうろく》は十二俵一人扶持《ぶち》である。これは金子に換算すると、約六両にしかならない。殺しの代金二十両は、俸禄の三倍強に当たった。

玄七郎は、その金を密かに妻の薬料に充《あ》てていた。妻には、己が殺しの請け人をしていることなど毫《ごう》も漏らしてはいない。刀の目利《めき》きをして、薬料を捻出《ねんしゅつ》していると思わせていた。

「これで、人ひとり浮かばれやした。ありがとう存じやした」

男は、黙って飲んでいるもうふたりの男の杯に交互に酒を注《つ》いだ。

「半三も、よくやってくれた。いつものことだが、調べに遺漏《いろう》がないのは大《てえ》したもんだ」

半三が、微かに笑みを見せた。

「文吉もな」

文吉と呼ばれた男がひょいと頭を下げた。

「先生の着てらしたもの、間違いねえだろうな？」

「灰になっておりやす」

「手数だったな」

「へい」

文吉が、杯を飲み干した。

「時に先生、前に今度でお止《や》めになるかも知れねえと言っておられやしたが、いかがでやすか、もう少しお続けいただけやすでしょうか」

「人とは弱いものだな。懐の温《ぬく》もりには勝てぬわ」

玄七郎が、勢いを付けて杯を空《あ》けた。

「ありがとう存じやす。私も半三も、文吉もでございやすが、決して手前《てめえ》の欲を満たすために受けているのではございやせん」男の目許が鋭い光を放った。「血の涙を流して死んでいった者の恨みを晴らすため。その一語に尽きやすこと、もう一度申し上げておきやす」

「忘れてはおらぬ。だからこそ引き受けたのだからな」

「はい。そう仰しゃって下さると思っておりやした」

男の目許からすっと光が消え、柔和《にゅうわ》な顔に戻った。

「ところで先生、また土産《みやげ》を持って参りやした」

男が合切袋《がっさいぶくろ》から紙袋を取り出した。

「御新造様のお身体によいよう、調合してもらって参りやした。いかがでございやす。お具合は？」

　玄七郎の妻は、七年前に死産してから体調を崩し、寝たり起きたりが続いている。玄七郎との間に、十二歳になる娘がひとりおり、その娘が母の面倒と家事の一切を引き受けていた。

「かたじけない。頭《かしら》には、いつもお心にかけていただき礼の申し様もない」

「何を仰しゃいやす。先生、止めておくんなさい。くすぐったくていけねえ」

　男が頭と呼ばれるのには、謂《いわ》れがあった。町火消《一番組》の頭取《とうどり》にして《い組》の頭・雷神《らいじん》の房五郎《ふさごろう》。それが男の表稼業《かぎょう》であり、世間での呼び名だった。

　雷神の二つ名がついたのは――。

　まだ房五郎が若い時分のことだった。日本橋界隈《にほんばしかいわい》を嘗《な》め尽くすかという大火があった。逸速《いちはや》く屋根瓦《がわら》を踏み、纏《まとい》を振った房五郎だったが、風に煽《あお》られた炎に囲まれ、退路を断たれてしまった。

　人々が固唾《かたず》を呑《の》んだ時、耳をつんざくばかりの雷鳴が轟《とどろ》いた。房五郎の頭上に黒雲が湧いているではないか。房五郎は激しい雷雨の中、必死に纏を振り続けた。

　雨は降り続け、遂《つい》に火は消えた。人々は、稲光に浮かび上がった房五郎のすさまじい形相《ぎょうそう》に、黒雲を呼ぶ雷神の姿を重ね見て、その名を付けたのだった。

町火消は、享保《きょうほう》三年（一七一八）、いろは四十八組が組織されたのを始まりとし、五十七年が経つ。この間に四十八組は大きく八つの組に、本所深川《ほんじょふかがわ》方面の火消十六組も三つの組に組み直されて来た。

房五郎が頭取を務める《一番組》は、頭を兼務する《い組》の他、《よ組》、《は組》、《に組》、《万《まん》組》を擁《よう》する町火消中最大の組で、人足《にんそく》の数は二千二百名を数えた。このことは、房五郎の一声で、組の受持区域である浅草橋、筋違橋、神田橋、呉服橋《ごふくばし》、江戸橋に囲まれた土地《ところ》の人足、すなわち鳶《とび》、二千二百名を自在に動かせることを意味していた。

その房五郎の裏の稼業を心得ている火消は、《い組》の文吉だけだった。文吉は房五郎の手となり足となり、頼み人や請け人との連絡などを受け持っていた。

いや、例外がひとりいた。縄張《なわば》りうちで、とかく評判の悪い者が毎年のように殺された時、《い組》の小頭・貴三郎《きさぶろう》は、房五郎が殺しを指図《さしず》したのではないかと思ったことがあった。しかし、その疑いを口にすることはなかった。何より頭を信頼していたし、頭とともに火事場を飛び回ることに喜びを感じていたからだった。

「文吉によりやすと、後を尾けられた様子もなかったとか、まずは祝着《しゅうちゃく》ということで、お待たせいたしやした。飲んで、食べやしょう」

房五郎が手を叩き、仲居を呼んだ。たっぷりとした肉置《ししお》きの女将《おかみ》が現われた。

「頭の好物、揃えてございますよ」

女将がたおやかな仕種《しぐさ》で振り向くと、仲居らが廊下に控えていた。

「ありがてえな。どんな趣向《しゅこう》だい？」

「ご注文のお茄子は、蒸し茄子にしてみました」

小茄子を美濃紙《みのがみ》に包んで蒸すのだと、女将が言った。

「蒸し終えたら皮を剝《む》き、蔕《へた》を取り、縦《たて》に裂いてから出汁《だし》につけ……」

「駄目だ、駄目だ。もう堪《こら》え切れねえ」

房五郎が女将の口を遮り、仲居の手許に目を遣《や》った。

「早いとこ食べさせてくれ。そうでしょ、ねえ、先生」

玄七郎は笑いを浮かべながら、床に臥《ふ》す妻を、水仕事をしているはずの娘のことを思った。

四ツ谷の大木戸を抜け、内藤新宿を通り、千吉と佐平は甲州街道を八幡宿へと歩を進めた。先を急ぐ旅の者は、既に出立してしまっている刻限だった。街道は閑散としていた。

内藤新宿で求めた焼き餅《もち》を、街道の小川のほとりで食べた。

木立《こだち》の影が、汗ばんだ肌に心地よかった。緑濃い街道を歩くのは、千吉にとっては久し振りのことだった。これが遊山《ゆさん》ならば楽しかろうにと思う心を戒《いまし》め、千吉は思い切りよく立ち上がった。

「行くぞ」

「へい」

答えるより早く、佐平は食べ残しの餅を竹の皮に包み、振り分けに仕舞った。

八幡宿で直ぐに喜八が見付かればよいが、何処《どこ》かに移り住んでいた時には、更に足を延ばさなければならない。いつでもどこでも簡単に腹拵えが出来るようにと、多めに買っておいたのだ。

街道は静けさに満ちていた。時折、近在の百姓の姿が目につくだけだった。

「お江戸の賑わいが、嘘《うそ》のようだな」

街道沿いの梅の実が、黄ばみ始めていた。

「ここからも江戸に出た奴はいるんでしょうね」

「だろうな」

「いい土地に見えやすが、一度嫌だと思ったら、江戸に出たいと思ったら、一日も我慢出来なくなっちまうんでやしょうね」

「そうよな……」

「親分」佐平が、思い詰めたように言った。「こんなところで何でやすが、言っておきたかったんで」

「何でえ、改まって？」

「あっしは、子分にしてもらって、本当にありがたいと思っているんでございやす。今、俺は生きているんだって感じるんでござんすよ。これからも身を入れて励みますんで、末長くよろしくお願いいたしやす」

佐平が道のただ中で頭を下げた。

「馬鹿野郎が、歩きながらする話かよ」

「済《す》いやせん」

「しかし、手前《てめえ》の覚悟の程は、よっく分かった。ありがとよ」

千吉は怒ったような顔をして、先に立った。佐平が小走りになって後についた。

代田橋《だいたばし》を渡り、和泉、松原《まつばら》を通り、下高井戸《しもたかいど》の湧き水で顔を洗い、更に足を急がせた。上高井戸《かみたかいど》に着いた時には、奉行所を出てから二刻（約四時間）と経っていなかった。ここから約三里で八幡宿だった。このままの調子ならば、八ツ半（午後三時）前には着けるだろう。

ふたりは休まずに先を急いだ。

八幡宿の名の由来となった八幡宮が、街道の左手に見えた。八幡宮は、府中六《ろく》所宮《しょぐう》の末社として近隣に知れ渡っていた。宿場に入った。街道に沿って、藁葺《わらぶ》きの家が建ち並んでいた。宮に詣でる者や旅人を相手にしている茶店があった。

「あそこで」と佐平が、軒《のき》から草鞋や蓑《みの》を吊り下げている茶店を見ながら言った。「誰か取っ捕まえて、訊いて参りやす」

千吉が家々を見渡していると、佐平が戻って来た。

「駄目です。喜八なんて聞いたこともないそうです」

「別の者に当たろう」

千吉が道を横切って、清水で鍬《くわ》を洗っている老爺《ろうや》に声をかけた。

「相済みません。人を尋ねている者ですが、以前江戸の大店で働いていた喜八さんって方をご存じではないでしょうか。歳の頃は九十を過ぎていなさると聞いておりやすが」

老爺は手を止めて千吉を見詰めると、知らねえな、と言って鍬を再び水に浸け、洗い始めた。

「ありがとうござんした」

千吉は礼を言って、また別の者に声をかけた。やはり、知らないと言う。

佐平も同様らしく、首を横に振っている。

「駄目か」

「惜しいのはいたんですが」

「惜しい？」

「喜助《きすけ》って言いましてね、年頃は合うんですが、かみさんの名も違い……」

「誰に訊いた？」

千吉の勢いに呑まれ、佐平が街道から路地へと曲がろうとしている男を指さした。

千吉が突然男の後を追って走り始めた。佐平は後に続いた。

「お店によってはな」と千吉が言った。「序列が分かるように、奉公人に通り名をつけるところがあるんだ」

「……知りやせんでした」

「気にするな。俺だって最初《はな》からは知らなかった。後で覚えたことだ」

例えば、と千吉が、怒鳴《どな》るように言った。小僧や子供衆《こどもし》には「之助」か「吉」、手代には「七」か「平」、番頭には「兵衛」、そして男衆や台所衆は「六」か「八」という具合だ。

「でしたら？」

「喜八はお店の通り名で、本当の名は喜助かも知れねえ。お仲もな」

千吉が、路地の曲がり角で男に追い付いた。

「何度も、申し訳ござんせん」

男が足を止め、振り向いた。

「先程お伺《うかが》いした喜助さんでございやすが……」

四

定廻り同心の小宮山仙十郎は、岡っ引の銀次、下っ引の義吉《よしきち》と忠太《ちゆうた》、それに中間ひとりを伴《ともな》って、見回路《みちすじ》を回っていた。

奉行所に、五ツに出仕する。定廻り同心筆頭の岩田巌右衛門から、通達事項などを聞き、五ツ半に手先の岡っ引らを従えて、市中見回りに出る。

市中は大きく四つの見回路に分けられており、仙十郎の今の受け持ちは赤坂《あかさか》御門と浜御殿《はまごてん》を結んだ西南部一帯であった。それだけでも広いのに、時には、若いからと西隣の四ツ谷御門までをも受け持たされることがある。得てしてそのような時に揉《も》め事は起こるもので、駆け回っているうちに足腰が立たなくなることもあった。それでも、仙十郎は見回りの務めが好きだった。

町屋を縫《ぬ》って歩き、自身番の者に声をかける。何事もないと分かる。次の自身番に行く。この繰り返しは、江戸の町を守っているのだ、という自負《じふ》を与えてくれた。

目立ったこともなく、見回りの任務も終盤に近付いた時だった。前を行く銀次が、半ば振り返るようにして、旦那、と言った。声が張り詰めている。

「様子がおかしいですぜ」

芝口西側町《しばぐちにしがわちょう》の自身番だった。店番が自身番の外に出て、背伸びをしてこちらを見ている。堪え切れなくなったのか、走り出して来た。

「何があったい？」

銀次が訊いた。

「人が、人が死んでいるそうでございます」

「殺しか」

「分かりませんが、血だらけだと聞いております」

「場所はどこだ？」

「南に下った露月町《ろうげつちょう》裏の《五左衛門店《ござえもんだな》》でございます」

「《五左衛門店》……」

銀次に聞き覚えがあった。あれは……。

「御薦《おこも》が住んでいる長屋だ」銀次より早く、仙十郎が思い出した。「芝口橋の北詰で、誰かを待っていたとか言ってなかったか」

『風刃の舞』の一件で、女賊・猫間《ねこま》のお時《とき》を《白虫《しらむし》》に掛けた時、施《ほどこ》しをしたお時との関わりを疑い、銀次の命《めい》で忠太が調べたことがあった。

「その」と店番が言った。「御薦でございます、死んだのは」

「案内してくんな」

《五左衛門店》の木戸の中は、同じ長屋に住むかみさん連中と子供、そして商いから戻って来た者らで溢れていた。

仙十郎らの姿に気付くと、素早く脇に退《ど》いた。人垣に挟まれた道が、奥から二番目の借店へと続いた。腰高障子《こしだか》が開《あ》けっ放しになっている。中に人の気配はない。

仙十郎は土間に立って、借店の中を見回した。棟割長屋《むねわり》の中は、ひどく狭かった。

間口九尺（約二・七メートル）・奥行二間（約三・六メートル）、台所に四畳半一間のついた割長屋を、中央にある棟から半分に切ったのが棟割長屋である。左右も奥も、三方が壁となっており、薄暗かったが、片付いていることは見て取れた。

汗と夥しい血のにおいがした。薄縁《うすべり》の敷かれた中央に、夜具らしいものがあった。中に御薦の亡骸があるのだろう、こんもりと膨《ふく》らんでいる。敷布団の片側に寝て、残る片側を掛け布団にする。柏餅《かしわもち》の寝姿だった。

「誰だ、見付けたのは？」

大家が名乗り出た。

「何も触っちゃいねえな？」

「そりゃもう、決して」

大家がくどいように頭を下げた。

仙十郎は上がり込むと、背帯に差していた十手で、敷布団をそっと持ち上げた。男が口から血の塊《かたまり》を吐き出して、事切れていた。

枕許を探した。薬袋のようなものはなかった。大家に御薦の名を尋ねた。相《そう》州《しゅう》浪人・永《なが》井《い》相《そう》司《し》郎《ろう》と名乗っていたらしい。

「医者には、かかっていたのかい」

土橋《どばし》を渡った寄合町《よりあいちょう》の森末道庵《もりすえどうあん》先生に診《み》てもらっていたはずだと、大家が答えた。名を聞いて、銀次が《白虫》の時に話していたことを思い出した。

仙十郎は忠太を道庵の屋敷に走らせると、銀次が義吉と亡骸の位置を懐紙に記している間に、男の持ち物を調べることにした。

粗末な箪笥《たんす》があった。壊れていたものを、拾《ひろ》うかもらうかしたのだろう。木《こ》っ端《ぱ》を削《けず》り、丹念に繕《つくろ》い、修復した跡があった。引き出しを覗いた。きれいに畳まれた着替えなどが収められていた。

亡骸の頭を見た。この数日の間に剃《そ》ったのか、月代は伸びていない。

土間に移った。食器は仕舞われ、布巾《ふきん》は洗って干され、鍋釜《なべかま》にも食べ残したものは入っていなかった。布巾に触れてみた。何日も水に浸からずにあったことが知れた。木製の流しも乾き切っている。水瓶《みずがめ》を覗いた。底に少しの水が汲《く》み置きされていただけだった。しかし、土間のどこにも茣蓙《ござ》がなかった。御鷹に見える、みすぼらしげな着物もなかった。

腰高障子際に立っている大家を呼び、訊いた。

「ここから御鷹の身形をして稼ぎに出ていた訳じゃねえんだな？」

「左様でございます」

大家が大きく頷いて見せた。

「ここは真《ま》っ当《とう》な暮らしをしている者の住むところ。昔も今も御鷹は遠慮願っていたんでございますよ」

永井さんが引っ越して来たのは、もう十年近く前になりますが、と大家が話し始めた。最初の頃は、出掛ける時には茣蓙を風呂敷に隠しておりましたし、身形も長屋を出てから変えていたようで、まさか御鷹をしているとは気付かなかったんでございますよ。それと知れたのは、一年くらい経ってからでした。御鷹さんに貸したことはなく、さてどうするか考えたのでございますが、永井さんは悪さをする訳ではなく、きちんと店賃は収めてくれますし、詳しくは知りませんが、人を探しているのだという。その心根に打たれ、いいでしょうと、手前の裁量でお貸しし続けていた訳でございます。

「では、ここの皆が、御薦だと知っていたんだな?」

「はい」

「どうして、商売道具がねえんだ? 莫蓙が見えねえが」

「止めたからでございます」

「御薦をか」

「かれこれ二月《ふたつき》程前になりますか、四、五日ばかり帰らなかったことがあり、皆で心配しておりましたら、紙のように白い顔をして戻って来て、それ以来御薦は止めてしまいました。それからでございます。身の回りの片付けをして……」

何か思い出したのか、大家があっと声を上げた。

「そうでした。預かっていたものがございました。取って参ります」

大家が急いで、木戸口の方に駆け出した。そちらが俄《にわか》に騒がしくなった。御免よ。忠太の声がした。医師をつれて来たらしい。「手前も直ぐに参ります」。大家の声も聞こえた。

銀次と義吉が、亡骸を仰向けにした。口の周りが真っ赤《まか》に染まっている。道庵は、脈を見てから口を覗き込んでいる。

「胃の腑《ふ》が破れたのですか」

仙十郎が訊いた。道庵の茶筅《ちゃせん》髷が縦に揺れた。

「痼《しこり》がありましてな。二月程前に血を吐いたとかで、今度吐いたら御陀仏《おだぶつ》だと言い聞かせておいたのですが、残念ですな」

「薬料は払っていたんですかい？」

銀次が訊いた。

「金に困っている様子はありませんでしたな。こちらに往診に来て、御薦だと知り、驚いたくらいです」

簞笥の中に金子はなかった。義吉と忠太に、もう一度詳しく調べるように言った。

「その時に、何か気付いたことは？」

「こちらが御陀仏だと言っているのに、嬉しそうでしたな。何か、探していた方が見付かったような口振りでした」

「それは、いつ頃のことです？」

「一月半程前になりますか」
四、五日戻って来なかった後になる。

（何があったんだ？）

「旦那」

銀次が、戸口にいる大家を指さした。包みを持っている。大家を上げた。

「亡くなる十日程前になりましょうか。死ぬと分かった時には始末するつもりだが、万一始末する前に死んだら、包みを燃やしてくれと言われ、預かったものなのでございます。中には、葬儀代も入っているとか」

包みを解いた。白木の位牌《いはい》と焼け焦げてぼろぼろになった書状、それに紙に包まれた金子が一両入っていた。

白木の位牌には俗名が記されていたらしいが、長い年月の間に擦れ、「〇野」と微かに読めるだけだった。焚《た》き火にでも落としたのか、焼け焦げた書状も、手に取ろうとすると畳んだところから切れそうな程、傷《いた》んでいた。そっと開いてみた。

『円山川《まるやまがわ》の桜は今年も……』

時候の挨拶《あいさつ》に次いで、己の近況を綴った後、

『……豊岡《とよおか》でも、既に人の口の端にも、のぼらぬことと相成《あいな》り、返す返すも口惜《くちお》しく存じ候《そうろう》、相司郎殿も……』

その先は焼き切れてしまっていた。

「これでは、分かりやせんね」

「豊岡と言うと？」

「但馬《たじま》ですな。円山川で分かりました」道庵が言った。

「遠いな……」

「旦那、どこ探しても、他に金っけはありやせん」

義吉と忠太が、溜《た》め息を吐いた。

「空《から》っ穴《けつ》かよ」

銀次が唸《うな》った。

「先生」仙十郎が道庵に訊いた。「金に困っているようには見えなかった。そうでしたね？」

「私のところに来るのは、貧しい者が多い。だから、金の払い方で分かる。大分貯《た》めておったはずだ」

「盗った奴がいると仰しゃるんで？」

銀次が長屋の連中に目を遣った。

「ここに、そんな痕《あと》はなかった。ならば、どうして金がないのか。使ったと見るのが筋じゃねえか」

「こう言っては何でやすが」銀次が借店の中を見回した。「死にそうな時に、何を買うんです？」

「分からねえ。だが、それが何なのか、知りてえな……」

仙十郎は書状と位牌を包み直すと、皆ありがとよ、と大家と長屋の者に言った。

「その一両で葬式を出してやっちゃくれねえか。どうやら大変《てえへん》な一生だったらしい御人だ。しっかりと供養《くよう》してやってくれ」

帰り支度をしている道庵にも礼を言い、この一件は病死として片付けるので、検屍したことを書いてくれるように頼み、忠太を供につけた。

「銀次、済まねえが」

見回路に戻りながら仙十郎が言った。

「明日から、暇を見て、あの御薦が何に金を使ったか調べてくれ」

「よろしゅうございやす」

「まず足取りだ。二月前に四、五日戻らなかったと大家が言っていたが、どこで何をしていたのかが分かれば、何に使ったか分かるような気がする。捕物になるかならねえか分からねえが、頼んだぜ」

「お任せ下さい。あっしも、このままでは、何か咽喉《のど》につかえているようで落ち着きやせん」

見回りを終え、奉行所に戻った仙十郎は、定廻り同心の岩田巌右衛門に永井相司郎の件を話した。今日の日付で相司郎の病死を確認しているが、調べたいことがあるので日録の提出を数日遅らせる許可をもらおうとしたのだった。

「永井なる者、大家に相州と言うたは国を憚《はばか》ってのもので、豊岡と関わりが深いと見るが順当のようだな。豊岡の京極《きようごく》家ならば、聞き出せるやも知れぬぞ」

巌右衛門は、両の掌を擦り合わせると、

「参れ」

仙十郎に告げ、年番方与力の詰所へと向かった。

## 五

臨時廻り同心・鷲津軍兵衛の妻・栄《えい》と息《そく》の竹之介《たけのすけ》は、板橋宿《いたばししゆく》を出て、巣鴨《すがも》、本郷《ほんごう》、神田へと続く中山道《なかせんどう》を歩いていた。八丁堀まで約二里半、休みを入れて一刻半の道程だった。

日帰りすることもあったが、多くの場合は板橋宿に一泊しての帰宅だった。板橋宿には赤子がいた。『風刃の舞』の一件で、二親《ふたおや》を殺され天涯孤独になった赤子だった。

己の子として育てようとした軍兵衛夫婦に、島村恭介が案を出した。島村家に中間として長く仕えていた者が、年老いて板橋宿の平尾町《ひらおちょう》に住んでいる。その老爺の家に預け、貰《もら》い乳をして育て、乳離れをしたところで一旦島村家の養女にし、鷲津家に移すという方法だった。一件が風化するのを待つ意味合いもあった。

鷹《たか》と名付けられた女の赤子は、すくすくとよく育ち、摑まり立ちが出来るようになっていた。

「ちょっと見ぬ間に、大きくなるものなのですね。驚きました」

「赤子は、大きくなるのがお務めですからね」

栄と竹之介が少女に気付いたのは、加賀前田《かがまえだ》家の中屋敷を過ぎた巣鴨御駕籠《おかご》町《ちょう》の空き地に続く路地の入り口だった。

武家の子弟が、少女を取り囲むようにして、執拗《しつよう》にからかっていた。

男児らの数は五人。前髪を立てた十三、四歳で、少女は同年齢か少し下かに見えた。

少女の身形のみすぼらしさが目を引いた。色褪せた着物は継ぎ接ぎだらけであった。

少女は、茶色い紙の袋を両腕で抱き締めるようにして庇《かば》いながら、男児らを睨《にら》み返していた。

「無礼は許しませぬぞ」

「許さぬとは、どうするのだ？」

笑い声が湧き起こった。

竹之介は、助けに入ってくれそうな大人を探そうと、街道を見た。商人は避けてしまっている。役に立ってくれそうな者はいなかった。

栄の身体がすっと竹之介から離れた。子弟らの方へと歩んでいる。

ひとりが気付き、仲間に知らせた。

「何をしています。武士の子が女子をいじめ、恥ずかしいとは思いませぬか」

険しい口調で言い放った。

「関係のない者は引っ込んでいろ」

親分格なのだろう、額《ひたい》に黒子《ほくろ》のある身体の大きな子が、一歩前に進み出た。

「俺たちを、誰だと思っているんだ？」

途端《とたん》に、黒子の頬《ほお》が鳴った。栄の平手打ちが、決まったのだ。

「やりやがったな」

黒子が身構えた。騒ぎに気付いた通行人が足を止めている。

「そのように捻《ね》じくれた心で人が斬れますか」

刀の柄に手をかけた黒子の腕を押さえ、そのままぐいと突き飛ばした。黒子が尻《しり》から地面に落ちた。他の子らが、浮足立った。

「二度とこのような真似《まね》をしてはなりませぬ。分かりましたか」

栄の気迫に押されたのか、男児らは黒子を助け起こすと、路地の奥へと逃げ込んでしまった。

「ありがとうございました」

少女が袋を抱き締めたまま頭を下げた。

「怪我《けが》はありませぬか」

栄が、少女に訊いた。

「はい」

「よく我慢していましたね」

「薬を零《こぼ》してはならぬゆえ、我慢いたしました」

少女の瞳《ひとみ》が波打ち、大粒の涙が頰を伝った。

「ご病気は、どなたが？」

「母です」

「もう長いのですか」

「はい。七年になります」

「それは大変ですね」

はい、と言いそうになって、少女が慌てて、いいえと答えた。

「家は近いのですか」

「はい」

「どの辺りです？」

真性寺《しんしょうじ》の近くだと言った。真性寺は京都仁和寺《にんなじ》の末寺で、栄と竹之介はその前を歩いて来たところだった。

「先程の者たちは？」

加賀様の下屋敷の者だと、少女が答えた。巣鴨御駕籠町から真性寺方向に帰るには、加賀前田家の中屋敷の前を通らなければならない。また真性寺の先には、前田家の下屋敷があった。

「何かあってはいけません。お送りしましょう」

「とんでもございません。私なら、大丈夫です」

少女が懸命に顔を左右に振った。

「大した手間ではありません。もし、あなたに何かあったら、病気のお母上が泣かれましょう」

少女の動きが止まった。

「御名は？」

「蕗《ふき》と申します」

「よい名じゃ。お幾つに？」

十二歳だと答えた。ひとつ上ですね。栄は竹之介に言うと、蕗に竹之介だと教えた。

「参りましょう」

竹之介が先頭に立ち、栄と蕗が並んで続いた。蕗が後ろから行こうとするのを、並ぶように栄が言ったのだった。竹之介は、背中から聞こえて来る蕗の声に耳をそばだてた。ほぼ同年齢の女子の声を身近でゆっくりと聞くのは、初めてだった。

「何をしております？」

竹之介は一瞬ぎくりとしたが、

「いいえ、何も……」

蕗が即座に答えたので、己にではないと分かり、ほっと息を継いだ。竹之介は少し歩みを速めた。

「きれいに繕われております。お母上がなされたのですか」

「はい。身体の具合のよい時に」

「お優しいお母上ですね。綻《ほころ》びは恥じても、繕われているものは恥じてはなりませぬよ」

「分かりました。恥じませせぬ」

「素直な良い子じゃ」

前田家の中屋敷に沿って歩くと、巣鴨町下組に出た。町屋が並び、街道を行く人のための茶屋もあった。団子と染め抜かれた暖簾《のれん》が揺れている。

「竹之介、近くまで送って差し上げなさい。私はここで待っておりますゆえ」

「いいえ」と蕗が、慌てて言った。「もうここで、ここで十分ですので……」

「竹之介」

母の声が改まった。竹之介は、心の中で身構えた。

「先程、あなたは、誰か助けはいないかと探しましたね」

「……はい」

「そのようなことで、どうします？」

「……はい」

「なぜ直ぐさま飛び出そうとしなかったのです」

竹之介の拳が、強く握り締められている。

「蕗さんをお送りしなさい。そして、もし不逞《ふてい》の者どもが現われたら、蕗さんを守って戦いなさい」

「……分かりました」

涙が零れそうになるのを堪えているのだろう。竹之介が、歩き出した。蕗は栄にお辞儀《じぎ》をしてから、竹之介の後を追った。

竹之介の背が心なしか震えているように見えた。

蕗は黙って後ろから歩いた。悲しかった。何が悲しいのか、よく分からなかったが、男の子の、竹之介という名の男の子の悲しみが迫って来た。涙が零れた。頬を伝い、薬袋に落ちた。袖で拭《ぬぐ》った。

「あの……」

竹之介の背に声をかけた。

「何だ？」

竹之介が歩みを止めて、振り向いた。

「今の角を曲がるのです」

蕗は通り越したばかりの角を指さした。

「並べ」と竹之介が言った。「後から来られたのでは、分からぬ」

「……はい」

角を曲がった。蕗は並ばずに、後ろからついて来る。

竹之介が歩みの速度を緩《ゆる》めた。竹之介の袴と蕗の着物の裾が並んだ。

蕗が着物の裾が翻《ひるがえ》らないように押さえた。唇を尖《とが》らせ、怒ったような顔になっている。

「また薬を取りに行くのか」

「はい」

「いつだ？」

「三日後ですから、十一日です」

「医者は、どこの誰にかかっている？」

白山権現《はくさんごんげん》前の両舟《りようしゆう》先生だと、蕗が答えた。

「何刻頃に行く？」

「どうして、ですか」

「送ってやる」

「私ならば、大丈夫です」

「また下屋敷の者が、そなたをからかったら、何とする？」

「竹之介様が、助けて下さると仰しゃるのですか」

「そうだ。だから、送ると言うておるのだ」

「ありがとう存じます」

恥じらいが、蕗の頬を少しく紅潮させた。

「そ、そんなに私は強くはないが……」

「蕗は嬉しゅうございます」

今度は竹之介の頬が赤くなった。

刻限と待ち合わせる場所を決めている間に、道の両側が次第に低くなり、小屋のような家が建ち並ぶ一角まで来た。

この先に家らしい家があるのだろうか。竹之介は、みすぼらしげな家々を眺めた。

板を打ち付けたような母屋の周りを野菜畑が取り囲んでいた。母屋に隣接した、より小さな小屋は厠《かわや》であるらしい。

そのうちの一軒で諸肌《もろはだ》を脱いだ男が鍬を振っていた。男は蕗を見ると手を止めた。

「父です」

「えっ」

男は手拭《てぬぐい》で汗を拭いながら、ゆっくりと歩み寄って来た。

蕗は駆け寄ると、下屋敷の者にからかわれていたところを助けてもらったのだと話した。

男の目が蕗から竹之介に注がれた。

「蕗が世話になった。礼を申し上げる」

男は押切玄七郎だと名乗った。

# 第二章　浪人・永井相司郎《ながいそうしろう》

一

五月九日。出仕《しゅっし》した鷲津軍兵衛を、例繰方同心《れいくりかたどうしん》の宮脇信左衛門《みやわきしんざえもん》が待ち受けていた。昨日の朝、《黒太刀》の仕業《しわざ》と目《もく》されている二年前、四年前、五年前の殺しと一昨日の殺しを比べて、何か分からないか、信左衛門に調べておいてくれるよう頼んでおいたのだ。

信左衛門は、物覚えがよく、町筋なども一度歩くと覚えてしまうので、若い頃は後年北町の三廻りを背負って立つのは宮脇だと噂《うわさ》されていた逸材だったが、町回りよりも奉行所にあって口書帳《くちがきちょう》やら御用覚帳《ごようおぼえ》、御仕置例類《おしおきれいるい》などを眺めていた方が楽しいから、と例繰方を志望した変わり者だった。

——年に二度、冬から春になろうとする数日と、秋が深まり冬になろうとする数日、それだけならば町回りもよいのですが、暑い寒い雨だ雪だ、は嫌ですな。

と信左衛門に大真面目《おおまじめ》な顔をして言われ、唖然《あぜん》としてしまったことがあった。

軍兵衛、三十一歳の時だった。

奉行所の同心になる。軍兵衛にとってそれは、定廻《じようまわ》り同心となって市中を見回り、町屋の者の暮らしを守ることだった。頑健《がんけん》な身体と幸運に恵まれ、定廻りから、その指導役であり、助《す》けである臨時廻りに就《つ》いているが、やはり市中に出、日差しを浴び、雨風に晒《さら》されることに変わりはなかった。奉行所の書物蔵の中で日がな一日を過ごすなど、考えただけでも真《ま》っ平《ぴら》だった。

それから二十年、軍兵衛が市中にある間、信左衛門は書物蔵に潜《もぐ》っていた訳だが、相変わらず物覚えがよい上に、事件の核心を衝《つ》く力まで加わり、今では一例《いち》繰方としてだけでなく北町にとってなくてはならぬ者となっていた。

「何か、分かったのか」

「申し訳ありません。斬《き》り口の鮮やかさに邪魔されて、何か見えているような気がするのですが、それが何か分からないのです」

「焦らずに、と言いたいが、焦ってくれ」

信左衛門の頬《ほお》が笑み割れた。

「このような時に焦ってくれというのが、鷲津さんらしいですね」

信左衛門が、今何を調べているかと訊《き》いた。他の同心に訊かれたのならば、暖《あい》昧《まい》に答えるのだが、信左衛門には正直に話した。何が信左衛門の脳に閃《ひらめ》きを与えるか分からないからだ。

十五年程前に、大店《おおだな》の子供が勾引《かどわかし》に遭った時、軍兵衛らが持ち帰った少ない手《て》掛《が》かりを解きほぐし、子供が閉じ込められている場所を見事に言い当てたことがあった。お蔭《かげ》で、その大店からは毎年付届《つけとどけ》が来るようになり、餅代《もちだい》の足しになっている。

「殺された《伊勢屋》弥右衛門の過去を調べさせに……」

甲州街道の八幡宿に手の者をふたり出している他、《黒太刀》の足取りを追わせるため、昌平橋の橋向こう一帯にも岡っ引を出しているのだと教えた。橋向こうを調べさせているのは、長く小網町《こあみちよう》の千吉の下《した》っ引《ぴき》をしていた留松《とめまつ》だった。手札を与え、小網町の南の霊岸島浜町《れいがんじまはまちよう》一帯を縄張りにしている。

「足取りは追えそうですか」

望みは薄そうだと答えた。七日の夜は、人出が少なかった。

「鷲津さん」信左衛門が顔を顰《しか》めて見せた。「年を取るってのは、駄目なものですね。五年前なら、既に何かしら見付けていたような気がします」

「待て。それは、俺のことか、お前のことか」

信左衛門が驚いたように、目を見開いた。

「勿論《もちろん》、私のことですが」

「何だよ。俺のことを言われたのかと思ったぜ」

信左衛門が、引きつったような笑みを見せた。

信左衛門は軍兵衛より六つ若かった。その年下の信左衛門が駄目だというなら、俺はどうなると言うのか。軍兵衛は信左衛門が例繰方同心の詰所に入るのを見届けてから、臨時廻りの詰所に入った。

詰所に、町火消人足改《まちびけしにんそくあらため》同心の野田耿之介《のだこうのすけ》が、夜回りの助けの礼を言いに来ていた。

「ようやく冬場と同じ人数の手配が整いました。後は風烈廻《ふうれつまわ》りと力を合わせ、見回りを続行いたしますので、臨時廻りの皆様方は、一先《ひとま》ず御役目は終わりということでご了解下さいますようお願い申し上げます」

冬場の人数とは、火事が多くなる十一月から三月《みつき》の間、与力《よりき》一名、同心二名を増員することを意味していた。

「頼む時は与力の旦那《だんな》が来て、もういいよって時は、若いお前さんかい？　気に入らねえな」

応対していた加曾利孫四郎が厭味《いやみ》を言ってからかっている。

「俺は物分かりがいい方だから、気に入らねえで済《す》むがな、鷲津の旦那はうるさいよ。根に持つよ。知らねえよ、俺は」

「これは、前以《まえもつ》てお知らせするということでして、正式な御礼は私でなくいずれかの与力が参りますゆえ、決して御礼を粗略に……」

野田の額《ひたい》から汗が噴き出している。

「悪い奴だな、俺を悪者にして」

軍兵衛が、野田と加曾利の脇正面に腰を下ろした。

「あっ、鷲津様」

「様なんて使うな。さんでいい」

加曾利が口を挟んだ。

「あっ、鷲津さん」

「『あっ』は、もう要《い》らねえだろうが」

野田が金魚のように口をパクパクさせている。

「からかうな」軍兵衛は加曾利を諫《いさ》めると、野田に言った。「許してやってくれ。今、奴は一寸《ちよつと》むくれているんだ」

「誰がむくれてるってんだ。《黒太刀》と名付けたのは俺なんだぜ。なのに、俺が控えかよ。それもこれも、町火消人足改《ひけしあらため》、お前さんたちが加勢を寄越《よこ》せなどと言うから、犬が棒に当たっちまったんだ」

「八つ当たりするんじゃねえ、必ず呼んでやると言っているだろうが」

「とても待てねえんだよ。面白くねえな。厠《かわや》に行ってくらあ」

野田が慌てて頭を下げて、加曾利を見送った。

「いつも遠くから見ていて、直接話したことがなかったのですが、加曾利さんはいつもあのような調子なのですか」

「今日は、よい方だ」

「はあ」

戸惑《とまど》いを隠せなかったのだろう、野田が間《ま》の抜けた答えを返した。

「毎日、昼も夜も忙しくて大変だろうが、手抜きのないようにな」

「心得ております」

「これから出掛けねばならんのだが、そっちは、見回らんでもよいのか」

軍兵衛は、袋物問屋の《伊勢屋》に行き、主《あるじ》・弥右衛門のことで何か思い出したことがないか、内儀《ないぎ》に訊くつもりだった。

「私も、そろそろ出なければなりません」

「どっち方向だ？」

「浮世小路《うきよこうじ》を抜けた瀬戸物町《せとものちょう》です」

そこには、町火消《い組》の頭《かしら》、すなわち《一番組》の頭取《とうどり》・雷神の房五郎の家があった。

「頭と新材木町《しんざいもくちょう》を見回ってから江戸橋を渡り、材木町辺《あた》りをぐるりと回ることになっているのです」

《伊勢屋》のある松枝町へ向かうのに、大きく外れる訳ではなかった。

「ならば、途中まで一緒に行くか」

「はい」

「仕度が出来たら、呼んでくれ」

「かしこまりました」

野田が、己の同心詰所に急いで戻って行った。

「走るな」

加曾利が怒鳴《どな》っている。

「申し訳ございません」

野田の声が届いて来た。

「若いのは、気持ちがいいな」

加曾利が、晴れ晴れとした顔をして、詰所に入って来た。

軍兵衛と野田耿之介は、それぞれ手の者と中間《ちゅうげん》を供にして奉行所を出た。

新六は、ひとりでの供は初めてのことなので、勝手が違うのか、押し黙っている。

野田耿之介がつれている岡《おか》っ引《ぴき》は、細身の老人だった。若い頃、火事で女房子供を亡くしたことで、火付けを激しく憎《にく》むようになり、ために定廻りや臨時廻りに取り入ろうとはせずに、野田のような町火消人足改についているらしい。年の頃は六十の半《なか》ばに達しているのだろうか、刻《きざ》まれた皺《しわ》が深かった。

新六と並んで歩くと、貫禄《かんろく》は老人の方が一枚上だった。それが窮屈《きゅうくつ》なのだろう、新六が先に立って歩き始めた。

「鷲津さんは、雷神の頭に会ったことはございますか」

「いいや、ねえな」

だが、火事場に立った房五郎を見たことはあった。炎に炙《あぶ》られた姿は、赤く焼けた巌《いわお》を思わせた。

「私は頭程の男を見たことがありません。人足衆を率《ひき》い、意のままに動かす。乱世にあれば、一国一城の主になったと思います」

「えらい褒《ほ》めようだな」

軍兵衛は、老人に訊いた。

「そんなに凄《すご》い男なのかい？」

「若《わか》の仰《おっ》しゃる通り、立派な方でございやす」老人が言った。

若か。野田の家に先代辺りから入っているのだろう。迷いのない物言いが気持ちよかった。

「俺も、一度会ってみるかな」

「是非そうして下さい」

「また暇な時にな」

本町《ほんちょう》三丁目で野田らと別れ、軍兵衛は小伝馬町の牢屋敷《ろうやしき》の方へ向かった。松枝町は、牢屋敷の前を通り、神田堀を渡った向こうだった。

松枝町の自身番《じしんばん》は弁慶橋《べんけいばし》のたもとにあった。腰高障子《こしだかしょうじ》が開いており、中の様子が窺《うかが》えた。黒紋付きを着た家主《いえぬし》どもが、額を寄せ合い、ひそひそ話をしていた。

《伊勢屋》のことに違《ちげ》えねえ。軍兵衛は少し興味を持ったが、無視することにした。

相手がひとりならともかく、何人か集まっている時は、周りの者の耳を気にして何も話さない。それが商人《あきんど》だった。聞き出すなら、ひとりずつ尋ねなければ何も出て来ない。

立ち止まろうとする新六に、行くように手で指図《さしず》して、軍兵衛は《伊勢屋》に向かった。

《伊勢屋》は通夜の仕度と、主・弥右衛門の突然の訃報《ふほう》に驚いて駆け付けて来た者への応対で、皆が忙しく立ち働いていた。しかし、それにしては騒々しくなかった。既に死に方の異様さが知れ渡っているらしく、声高《こわだか》に話すことが憚《はばか》られるのだろう。

軍兵衛に気付き、店の中が水を打ったように静かになった。

「御内儀か大番頭に会いてえんだが」

応対に出た番頭に言った。

「どうぞ、こちらへ」

奥に伺《うかが》いを立てることもなく、即座に軍兵衛らを座敷に上げた。そのように言われていたのだろう。

座敷で待つ間もなく、奥の間に通された。

内儀と大番頭の芳兵衛が待っていた。内儀の手許《てもと》に包みが置かれていた。

「あれから」と内儀が、口を開いた。「主の持ち物を調べてみましたところ、このようなものが出て参りました」

白く細い指が、包みを解いた。茶色いものが現われた。薄汚れた木彫りの仏像のようだった。

「手に取ってもいいかい？」

内儀が僅《わず》かに頷《うなず》いた。片手拝みをし、手を伸ばした。

手先の器用でない者が、鑿《のみ》ではなく、研《と》ぎの甘い刃物で彫ったのだろう。目鼻立ちもはっきりとしてはいなかった。しかし、掌《てのひら》への収まり具合はよかった。随分と長い間、持ち続けていたものと思われた。

軍兵衛は、重さを計《はか》るようにしてから、仏像の底を見た。何か文字が彫られていた。『吉ノ』と読めた。

「これは？」

「分からないのでございます」と芳兵衛が答えた。「『よしの』と読んだらよいのか『きつの』なのか、それすらも見当が付きません」

「名にも場所にも覚えがない……。『よしの』とすると大和《やまと》の国だが、行かれたことは？」

「ございません」

内儀が答えた。

「どこにあったんです？」

「櫃《ひつ》に入っておりました」

「櫃と言うと……」

お店に奉公に上がった者は、お店の品と私物が混同しないように、私物を櫃に入れ、押し入れにしまっておく。その櫃を、お店の品はすべて己のものであるはずの主が使っていた。

（入り婿《むこ》か……）
「旦那の持ち物をすべて見せてもらえないか」
「持って来させましょう」
内儀の申し出を断り、奥の座敷から廊下に出た。
「旦那の座敷《へや》は？」
奥の間のもうひとつ奥に、内儀の居室と並んであった。ひどく散らかってい
た。櫃の蓋《ふた》は乱暴に開けられ、中の物が洗いざらい放《ほう》り出されていた。
案内して来た芳兵衛に、目で尋ねた。
芳兵衛の目は何も答えなかった。内儀がやったことなのだろう。
軍兵衛は座敷の中に散らばっているものを見渡した。これというものは何もな
かった。書き付けがある訳でも、生国《しょうごく》などを表わす品がある訳でもなかった。
飾り気のない、寒々とした座敷だった。
過去を捨てている者の座敷であり、櫃だった。
己ひとつを荷物として生きてきたのだろう。
弥右衛門は、この座敷にあってただひとり、何を思って仏像を、吉ノの文字を
見ていたのか。吉ノとは何なのか。

千吉らは、昔の奉公人である喜八を探しに甲州街道に出向いている。帰りを待つしかなかった。

二

四ツ半（午前十一時）、霊岸島浜町の留松が下っ引をつれて、羽織《はおり》に濃紺の股引《ももひき》、着流しの裾《すそ》をたくし上げて背帯に差し、紺足袋《たび》、雪駄《せった》という、いかにも岡っ引らしい姿で北町奉行所の潜《くぐ》り戸を通り、当番方に軍兵衛の名を告げた。

「一日半、みっちりと聞き回りましたが、見た者は誰もおりやせんでした」

「そうか、ご苦労だったな」軍兵衛がねぎらいの言葉をかけた。

「とんでもございやせん」

「駄目だったか」

突然、加曾利孫四郎の声がした。初めから聞いていたらしい。加曾利が大門裏の控所の板壁を拳《こぶし》で殴《なぐ》り付けた。

「焦るなってことだ」

加曾利は軍兵衛の言葉に鈍《にぶ》く応《こた》えると、何でえ、と伝法《でんぽう》な口調になった。

「ちいと見ぬ間に、すっかり親分らしくなったじゃねえか」

「何かの折には」と軍兵衛が言った。「引き回してやってくれねえか」

岡っ引は手札をくれた同心のためだけに働くのではなく、他の同心の手足ともなった。中には、北町の同心から手札をもらい、南町《みなみまち》や火盗改《かとうあらため》の手先となって頭角《とうかく》を現わす者もいたのである。

「縄張りは、どこでえ?」

「霊岸島浜町でございます」

「かみさんは?」

「一膳飯屋《いちぜんめしや》に毛の生えたようなことをいたしております」

「分かった。その時は頼むぜ」

横から済まなかったな。加曾利は軍兵衛に一言詫《わ》びると、市中に出て行った。

軍兵衛は改めて、留松がつれて来た下っ引に目を遣《や》った。

若かった。まだ十九か二十を過ぎたばかりだろう。身体の動きに遊び慣れしたところがあり、それが気になった。

「名は?」

「福次郎《ふくじろう》と申しやす」

「どこで見付けた？」

　留松に訊いた。

「餓鬼《がき》の頃から、あっしにまつわりついておりまして、気が付いたら大きな身形《なり》をして喧嘩《けんか》ばかり。このままにしておくと、御縄を打つ破目《はめ》になるからと、親御さんから預かった次第で」

「捕物《とりもの》は好きかい？」

「へい」

　福次郎が、ひょいと首を突き出した。

「親分の言うことを守れよ。二年我慢出来たら、それらしくなるだろうからな」

　軍兵衛は、小粒を取り出して留松に与えた。

「済まねえが、もう二、三日聞き回ってくれ」

「承知いたしやした」

　留松と福次郎は、大門の門番に丁寧に頭を下げると、潜り戸から飛び出して行った。

　それから半刻《はんとき》も経《た》たずに、千吉と佐平が八幡宿から帰って来た。

朝から歩き詰めであったことは、土埃《つちぼこり》の浴び方で分かった。

「湯屋に行って汗を流して来い」

「後で結構でございやす」

それよりも、と千吉が身を乗り出そうとした。

「待った。その先は、外で聞こう」

常盤橋御門を渡って南に折れ、一石橋《いちこくばし》北詰にある北鞘町《きたさやちょう》の蕎麦《そば》屋の二階に上がった。

奥の座敷には、誰もいなかった。

「聞こうか」

「細けえことは端折《はしょ》ります。喜八は生きておりやした」

「そうか、大《てぇ》したもんだな」

「矍鑠《かくしゃく》としたもので、殺された弥右衛門がお店に入った経緯《いきさつ》など、よく覚えていたのでやすが」と言って、千吉が首を横に振った。「肝腎《かんじん》な生国とかは、分かりやせんでした」

「順を追って話してくれ」

八幡宿に着いた千吉と佐平は、お店での通り名・喜八の本名が喜助、お仲の本名がお米《よね》であることを知り、家を探し当てた。

　御用の筋だと知り、夫婦は暫《しばら》く身構《みがま》えていたが、当代の弥右衛門が殺されたと聞くと、仇《かたき》を捕まえるためならば、と進んで話し始めたらしい。

──《伊勢屋》の先代様が、御内儀様をつれてお伊勢参りにお出掛けになったのは、享保十九年（一七三四）ですから四十一年前のことになります。旦那様は三十九歳。大きな商いをなされまして、そのお祝いと慰労を兼ねての旅となりました。お供は手前ひとり、丈夫で力自慢でしたので、お目をかけていただいておったのでございます。

　何しろ御内儀様をおつれでしたので、一日六里から八里、片道半月というゆったりとした道中でございました。お伊勢様の参拝を済ませ、江戸への里心がついたのか、帰りの道中は早《はよ》うございました。天竜《てんりゅう》、大井《おおい》を渡り、岡部《おかべ》の宿を越え、宇都谷峠《うつのや》に差しかかった時、急ぎ過ぎた付けが回ったのか、御内儀様が足を挫《くじ》かれまして、さて困ったと狼狽《うろた》えておりますと今度は、先代様が、背が痛いと仰しゃって倒れられたのでございます。

　手前は、もう何をどうしてよいのか分からず、ただおろおろとするばかり、困り果てているところに、御武家様が通りかかられました。『いかがいたした？』。

その御武家様が当代様でございます。当代様は、近くの地蔵堂まで先代様と御内儀様を抱えて運ばれると、お薬を下さり、凝《じ》っとして待っておれよ、と言い残されて、走って峠を下りて行かれました。それから半刻程経った頃でしょうか、人足を集めて来られ、皆を指図して峠を越えさせて下さったのでございます。

『峠で夜を迎えると、身体を冷やしてしまうからな。まずはよかった。これで大事はあるまい』

人足衆へのお手当まで、手前どもに代わってお支払い下されたのです。こう申しては、何でございますが、尾羽《おは》打ち枯《か》らしたと申しますか、どう見ても懐《ふところ》具合が豊かとは思えぬ風体《ふうてい》をしておられたので、峠で声をかけられた時は追剝《おいはぎ》か山賊かと思ったくらいでございました。

先代様が礼を言い、当代様が道中をなされている訳をお伺いになられました。最初は口籠《くちごも》っておられたのですが、やがてぽつりぽつりとお話しになられたところによると、仇討ちの旅だということでございました。

許婚《いいなずけ》と父を殺され、もう六年も仇を探し続けているのだが、どこに隠れているのか、まったく分からないでいる。この六年の間に、母も死んだ。たとえ仇を討っても、喜んでくれる者は誰もいない。主家からは、仇を討つまでは帰参を許さずと言われているのだが、一向に見付からないと、それはもう聞いているこちらが涙した次第でございます。

　そこで先代が、こう申しては失礼でございますが、もし仇討ちを諦《あきら》め、武士をお捨てになられるお心がございましたら、これも何かの縁、手前どもの店でやり直されたらいかがでございましょうか、と誘われたのでございます。当時、当代様は二十四歳。翌年、江戸のお店に訪ねて来られた時が、二十五歳。まだまだやり直せる歳《とし》でございました。当代様に嫁《とつ》がれたお嬢様は、その頃十三歳。お人形様のように、可愛《かわい》らしい御方でございました。

　先代様は、早速当代様を町屋の者の姿に改めさせると、手代付きの男衆から始めさせました。しかし、筆と算盤《そろばん》が出来、人中《じんちゅう》で苦労されたのでございましょう、口も立つ。何よりも嘘《うそ》を吐《つ》かない、悪口を言わない、労を惜《お》しまないところが先代様の気に入られ、四年後、手代の時に婿養子になられました。袋物問屋の中には、反対する者もございました。早計《そうけい》だと陰口を叩《たた》く者もいたようでございます。それらの声を黙らせたのは、当代様でした。よく働きました。そして、己のためには使わず、お店で働いている者や家作に入っている者らの家族にまで心を配って下さったのでございます。それで、『仏の』と言われているのでございます。手前どもも、足腰の丈夫なうちは青菜を運ばせていただこうと話していたのですが、先代様が亡くなられた頃から、急に疲れるようになり、ご挨拶《あいさつ》にも伺わぬ間に、先に逝《い》かれてしまいました。

千吉は泣いている夫婦を慰めながら、当代弥右衛門の生国や主家などを尋ねた。

「申し訳ありやせん。そっちの方は分かりやせんでしたが、武家の時の名は、某《なにがし》斉一郎と言っていたやに、覚えておりました。手代の時に、『斉』の一字を使うか否かと問われ、生まれ変わるのだからと断られ、先代が宇都谷峠の『宇』を取り、宇平と名付けたそうでございやす」

「となると、武家の時に、誰かに恨《うら》まれていたとは思えねえな」

「まったくで」

「それでは、誰が、何のために殺したんでやしょう?」

佐平が尋ねた。

「ひとつ、ある」軍兵衛が言った。「仇の方が弥右衛門を見付け、逆に殺したんだ」

「それに違いありませんや」

佐平が、乗り出した。

「そうだとしても」千吉が言った。「雲を掴《つか》むようでございやすね」

「雲をこの手で掴むには、殺しの《元締《もとじめ》》を見付け出すしかねえようだな」

それもこれも明日からだ、何か腹に入れて、今日は眠れ。

「島村様に、今聞いたことを話しておく。ご苦労だったな」

軍兵衛は、酒と蕎麦を持って来るよう、階下に叫んだ。

三

筋違橋と浅草橋を結ぶ約十町（約一・一キロメートル）の堤《つつみ》には柳が植えられており、町屋の者は堤に沿った通りを柳原《やなぎわら》通りと呼んだ。

この通りから南に下った柳原岩井町《いわいちょう》に、料亭《柳煙《りゅうえん》》があった。売り物は浅蜊《あさり》、蛤《はまぐり》、青柳《あおやぎ》などの貝類を料理したもので、特に蛤の旬《しゅん》である春先などは、鍋を目当てにした口の肥えた客筋で連日溢《あふ》れる程であった。

鍋に水を張り、蛤を落とし、火に掛ける。煮立って、蛤が口を開けたら食べる。単純明快さが江戸っ子に受けたのだろうが、江戸勤番の田舎《いなか》の客には評判が悪かったらしい。薬味も出汁《だし》もなく、水で煮るだけか。唖然として席を立ったという。

五月十日。八ツ半（午後三時）――。

その《柳煙》の奥座敷に、年番方与力の島村恭介がいた。向かいの座を占めているのは、豊岡一万五千石京極家に仕《つか》える真壁五郎兵衛《まかべごろべえ》、江戸留守居役《るすいやく》の用人《ようにん》である。

「お手を煩《わずら》わせ、かたじけのうござった」

真壁が手酌で杯を重ねながら言った。話が済むまでは、と人払いをしてある。

京極家の若侍が、酒の上とは言え、町の者と大喧嘩《げんか》をし、怪我人《けがにん》を出した上、煮売り酒屋の戸や壁を壊してしまったのである。それを島村が金で始末した礼の席だった。

「若い者どもは、傷《きず》が癒《い》え次第、国許に戻すことになりました」

「江戸と御国許とでは勝手が違い過ぎるでしょうからな」

田楽《でんがく》を摘《つま》み、酒を飲んだ島村が、ところで、と言った。

「お尋ねした一件ですが、お分かりになられましたかな」

京極家に永井相司郎なる者がいたか、その者と関《かか》わりのある者の中に、『〇野』

という名の者がいるか、この日までにお調べ願いたいのだが、と真壁に依頼の文を出しておいたのだった。

「何ゆえお知りになりたいのか、お答え願えましょうか」

「造作《ぞうさ》もないこと」

市中の裏店に住んでいた浪人が、病で亡くなったことから、島村は話した。身《み》性《じょう》を明らかにするものがなく、家捜しをしたところ、風雪を経《へ》た書状が見付かった。

「その中に、豊岡の地名と相司郎なる名があったのでござる」

「左様でございましたか」真壁は、両膝《りょうひざ》に手をおき、暫く考えていたが、思い切ったのか、ぐいと顔を上げて言った。「分かりました。しかし、何分にも家中の恥ゆえ、他言は無用に願いたいのですが」

「お約束いたしましょう」

確かに、国許に永井相司郎という者がおりました。

真壁五郎兵衛が、ゆったりと口を開いた。

今から四十七年前になりましょうか。永井相司郎の許婚と父が、許婚に横恋慕した者の手にかかり、殺されたのです。直《す》ぐさま、捕縛《ほばく》せんものと目付《めつけ》が出動いたしたのですが、巧《たく》みに国境を越え、逐電《ちくでん》されてしまいました。仇討ちの許しとともに、討ち果たすまでは帰参を許さずという厳しい命《めい》が下され、永井相司郎は、父と許婚の葬儀を終えるや、慌ただしく出立したのです。

一年が過ぎ、二年が経ちましたが、まだ相司郎からの便《たよ》りが国許に届いていた頃のことです。仇が街道で旅人を襲って殺し、金品を強奪している話などが伝わり、それを恥じた仇の親族が自害するということも起こりました。仇による殺害《せつがい》はそれからも続いていたらしいのですが、それも六年を過ぎた頃から途絶えたとか。

その頃までは、某《それがし》も知っておりました。しかし、某は江戸詰になってしまいまして……、ここからは国許に長くいた者から聞いたことですが、相司郎から国許への知らせも間遠《まどお》になり、いつしか文にあったように、人の口の端にものぼらなくなってしまったようなのですな。

まさか、あの相司郎が今日まで同じ江戸の空の下で生きていたとは知りませんでした。

国許に残された母者《ははじゃ》が気丈《きじょう》に家を守っていたのですが、路銀の足しにと家財を売り果たしたとも聞いております。その母者も亡くなり、恐らく路銀も尽き果てていたでしょう。さぞや、苦しい一生だったことでしょうな。

「御薦《おこも》をして、ひたすら仇を探しておったそうです。しかも、その身は死病に取り憑《つ》かれていたとか」

「実《まこと》でござるか」

　真壁の目から、大粒の涙が落ちた。

「知らぬこととは言え、永井相司郎にも、母者にも、申し訳が立たぬ……」

「真壁殿」島村の醒《さ》めた声に、真壁が不審げに顔を起こした。

「拙者《せっしゃ》、町奉行所に出仕いたして四十三年になりますが、このようなことは初めてでござる」

「はて？」

「拙者、昨日も似た話を聞き申した」

「と、言われると……」

「許婚と父を殺され、仇討ちの旅に出たが、主家からは仇を討つまでは帰参を許さずと言われていたという話でござる」

「それは永井相司郎ではござらんか」

「ところが、まったくの別人なのでござる。ある大店の主で、武家の時の名は、姓は分からぬが、名は斉一郎と……」

「村木《むらき》でござる。村木斉一郎、その者こそ、永井の父と許嫁を殺害し、逐電したまま杳《よう》として行方の分からぬ者でござる。して、村木は？」

「殺されました」

「何と、村木が？　永井にですか」

「ことの成行きから察するに、永井に頼まれた者と思われますが、まだ確証はございません」

話の筋を懸命に追っている真壁に、もうひとつ、と島村が言った。

「位牌《いはい》に書かれていた何とか野という名にお心当たりはござったのでしょうか」

「それは、吉野《よしの》に相違《そうい》ない。相司郎の許婚の名でござる」

「そうだったのか」

島村が、畳を拳で殴り付けた。

「真壁殿、後日必ずすべてをお話しいたす。本日は、これから奉行所に戻らねばならなくなってしもうた。許されい」

「何を仰《おお》せられる。我が家中のことで迷惑をおかけし、いたたまれぬ心地でござる」

真壁は懐紙《かいし》を抜き取ると涙を拭《ぬぐ》い、

「永井が浮かばれ」と言った。「村木には罰《ばつ》が下ったらしきこと、本来なら喜んでよいのであろうが、永井のことを聞いた今は、ただただ空《むな》しゅうござる……」

奥座敷に真壁を残し、島村は一足先に《柳煙》を後にした。

心が急《せ》いた。まだ詰所に残っているだろうか。軍兵衛と仙十郎の顔が浮かんだ。


七ツ半（午後五時）を回っていた。

奉行所に帰り着いた島村は、門番に軍兵衛はいるか、と問うた。

「先程、市中より戻られたので、詰所におられるはずでございます」

「小宮山は？」

「おられます」

「分かった」

玄関に飛び込んだ島村が、居合わせた加曾利孫四郎に、軍兵衛と仙十郎に儂《わし》の詰所に来るよう伝えい、と命じた。

「私は？」

「其《そ》の方も一緒に参れ」

「ありがてえ」

加曾利が跳《は》ねるようにして姿を消した。思わず笑みを零《こぼ》した島村が、年番方の詰所に座り込んだ時には、加曾利はもう島村の側《そば》に来ていた。

「どこからどう話したらよいのか整理するゆえ、水を頼む」

「酒を飲んでおられますな」

「だから聞き出せたのだ」

「お待ち下さい」

加曾利が弾《はず》みをつけて立ち上がった。

水を注いだ急須と湯飲みが来るのと、軍兵衛らが詰所に入って来るのが同時だった。島村は水を二杯飲んでから、話すぞ、と言った。

「軍兵衛と仙十郎は、それぞれが調べたことと繋《つな》ぎ合わせて聞け。加曾利は、話の筋《すじ》が分かればよい」

島村が、首を伸ばし、それぞれの反応を窺いながら続けた。

「豊岡一万五千石京極家に永井相司郎なる者がいた」

「やはり、豊岡の出でございましたか」

「許婚の名は、吉野」

「吉野だったのか」仙十郎が額に手を当てた。

「黙れ。黙って聞け。その吉野に横恋慕したのが、村木斉一郎。斉一郎だぞ、軍兵衛」

「えっ」と軍兵衛が、島村と仙十郎を見た。「どういうことです？」

「ふたつの事件は繋がっておったのだ。尻尾《しっぽ》はひとつだったってことだ」

「お続け下さい……」

　軍兵衛が、島村を見詰めた。

「神妙なる態度、常に斯《か》くありたいものよの」

「お早く願います」軍兵衛が苛立《いらだ》った。

「では、続きを話すぞ。加曾利、静かに聞くのだぞ」

　聞いておるではありませぬか。加曾利が口を尖《とが》らせた。

「村木は吉野と相司郎の父を斬って逐電した。怒った殿様が、相司郎に仇討ちを果たすまで帰参は許さずと命じた。村木は逃げた。街道で人殺しを重ね、金品を盗んで路銀にし、逃げ続けた。そこまでは相司郎が調べ上げている。ところが、逃げて六年を過ぎた頃、人殺しの旅がぷつり、と途絶えた」

「《伊勢屋》の先代を助けたのですな」

「そうだ。弥右衛門の歳を数えると、先代を助けたのが逐電してから六年目。《伊勢屋》に姿を現わしたのが七年目のことだ。分からねえのは、どうして《伊勢屋》を助けたのか、だ」

「殺すか盗むかして、まだ間もない時で、金があった。ただそれだけのことでしような。《伊勢屋》を殺して、身代を盗《と》ろうなどとは即座には考えられませぬからな」

「まっ、そのようなところであろうな」

島村が、唾《つば》の塊《かたまり》を飲み込んだらしい。咽喉《のど》が縦《たて》に動いた。

「金があれば仏に、無ければ鬼になる。人なんてものは、金でどうとでも変わりましょう」

「善人ってのも、やってみると居心地がよいのかも知れんな」加曾利が、したり顔をして言った。

「ですが、その村木斉一郎が、すなわち弥右衛門が、仏像を彫っていた訳ですよね。殺した者が、そのようなことをいたしますか」

仙十郎が訊いた。

「よく知ってたな」

「この前を通りかかった時、《伊勢屋》から戻って来た鷲津さんと島村様が話されているのが聞こえたのです」

「立ち聞きをしたのか」

島村と軍兵衛に謝ろうとした仙十郎を押し止《とど》め、

「軍兵衛の言い方を借りるなら」と加曾利が言った。「暮らしに余裕が出来たので悔いる心が起きたのかも知れねえぞ」

「殺してから悔いても、許せるものじゃねえ。己《おのれ》への言い訳に過ぎねえからな」

軍兵衛は吐き捨てるように言うと、加曾利と仙十郎の顔を交互に見た。「そんなことより、これで……」

「黙れ、黙れ。儂に続きを話させろ」

島村が言った。

「とにかくここで、弥右衛門殺しと永井相司郎の死が結び付いたのだ。仮に話の筋道をつけるとだ、御鷹をしていた相司郎が弥右衛門に気付いた。村木斉一郎だ、となな。後を尾《つ》け、どこに住み、何と名乗っているかを知った。しかし、己は死病に罹《かか》っており、とても人を殺すだけの力はねえ」

「そこで《黒太刀》に殺しを頼んだ」

加曾利が、言った。

「そうだ。どうやって頼んだかは分からねえが、頼んだ。そして、五月七日の夜、殺しが行なわれ、《黒太刀》は昌平橋を渡って逃げた。と、こういう流れになる訳だ」

「するとでございます。相司郎が御薦をして、爪《つめ》に火をともすようにして貯《た》めた金の使い道でございますが」

「言うまでもねえ、殺しの頼み金に化けたのだろうよ」軍兵衛だった。

「見事に結び付いたではございませぬか」仙十郎が言った。「驚きました」

島村は鼻白《はなじろ》むものを覚えながら、それで、と言った。

「明日からだが」

「どうやって相司郎が殺しの《元締》を知ったかを調べるのが急務でしょう。相司郎の足取りを徹底的に調べないといけませんね」仙十郎が言った。

「その通りだ」軍兵衛だった。

「実は」と仙十郎が、得意そうな顔をした。「相司郎の亡骸が見付かった時、何かのためにと思い、銀次に相司郎の足取りを調べておくよう命じておいたのです」

「よう気が付いた」島村の眉《まゆ》が、大きく開いた。「して、何か分かったのか」

「今のところは、何も」

「そうか……」

島村の眉間に縦皺が寄った。

「私は、いかがいたしましょう?」

加曾利が島村に訊いた。

「《黒太刀》と判明した以上、調べに加わるがよい。しかし、まだ助けの一歩手前くらいだからな。何か起こった時は、そっちに取り掛かるのだぞ」

「仕方ありませんな。それでよしとしますか」

「何か言ったか」

「いいえ」

加曾利は島村に礼を言いながら、急須の水を湯飲みに注いだ。島村が、勢いよく飲み干した。

## 四

五月十一日。九ツ半（午後一時）。

蕗との約束の刻限が迫っていた。竹之介は、加賀前田家の上屋敷の前を通り、追分《おいわけ》を折れ、走った。

雲行きが怪《あや》しかった。ここ数日、雨が降っていない。そろそろ降ってもいい頃だろう、と父と母が話していたのを思い出した。傘の用意はしていなかった。組屋敷から江戸橋、荒布橋《あらめばし》を渡り、小網町、堀江町《ほりえちょう》を通り越した住吉町《すみよしちょう》の道場に通うのに、降ってさえいなければ傘を持って出たことなどなかった。今日だけ、用心のためにとは言い出せなかった。

家の用があるからと、道場を早めに終え、駆け出したのは、もう半刻程前になる。約束の場所は遠かった。

中山道に沿った片町《かたまち》を抜けた。ようやく、白山権現の脇に出た。

医師・鏑木《かぶらぎ》両舟の屋敷は直ぐに分かった。

屋敷の門の真向かいにある石に、蕗が座っていた。

「遅れた。済まぬ」

竹之介は詫びた。蕗が首を小さく横に振った。

明るい縞《しま》模様の着物を着ていた。それが何という縞なのか、竹之介には分からなかったが、可愛いと思った。継《つ》ぎ接《は》ぎも少なかった。一緒に歩くのには、その方がよかった。

「薬はもらったのか」

「はい」

薬袋は袂《たもと》に仕舞われていた。

「では、行こうか」

「はい」

道は真っ直ぐ続いている。

「道場のお帰りなのですか」

竹之介は畳んだ稽古着《けいこぎ》を木刀に通し、肩に担《かつ》いでいた。

「今日は、面を何度も打たれてふらふらした。打たれたのは、竹刀《しない》だったがな」

蕗がころころと笑った。そのような、軽やかな笑い声は聞いたことがなかった。楽しかったが、顔を顰めてみせた。

「必死だったのだぞ」

「御免なさい」

「いや、そうではない。叱《しか》った訳ではない」

「はい」

蕗が、薬の入った袂を胸に抱えて、頷いた。

歩いた。黙って歩いた。言葉が途切れると、何を話したらいいのか、分からなくなってしまった。

このまま歩いていたのでは、やがては蕗の組屋敷に着いてしまう。座って話をしたかったし、何かふたりで食べてもみたかった。だが、竹之介と蕗の年頃の者が休めるような場所はなかった。仕方なく、歩いた。

竹之介の頰を、小さな雨粒が打った。

空を見上げた竹之介に倣《なら》って、蕗も空を見上げている。

「雨だ……」

「降って来ました」

蕗が竹之介を見た。

「来い」

竹之介が反射的に地を蹴《け》った。続こうとして蕗が転んだ。

着物の裾が割れ、膝が覗《のぞ》いた。蕗が慌てて前を合わせながら立ち上がった。

「す、済まん」

蕗が首を振った。

「来い。慌てずにな」

雨の降りが強くなる前に、駒込肴町《こまごめさかなまち》と浅嘉町《あさかちょう》の町境に着いた。前に母の栄と一音寺《いちおんじ》をお参りした時に、自身番と木戸番があるのを見ていたのだ。

竹之介は自身番ではなく、向かいの木戸番小屋に入った。

「何を差し上げましょう」

木戸番の女房なのだろう、前掛け姿の老婆が笑顔をみせた。

「私は北町奉行所臨時廻り同心・鷲津軍兵衛の一子竹之介と申す。突然の雨降りで難渋《なんじゆう》している。雨宿りをさせてはもらえぬか」

老婆が、慌てて店先に回り、竹之介と蕗を雨の吹き込まぬ戸の陰に入れた。

「とんだ雨でございましたね。白湯《さゆ》でございますが、お持ちいたしましょう」

老婆が土瓶を取りに、薄縁《うすべり》を敷いた座敷に上がった。

「菓子をもらいたいのだが、選んでおってもよいか」

「どうぞ、どうぞ」

「竹之介様」

蕗が首を横に振った。

「このような時のために、些少《さしょう》の持ち合わせはある。蕗にも奢《おご》ろう。選ぶがよい」

竹之介は、塩豆と麩《ふ》に黒糖をまぶしたものを選んだ。蕗も、麩の菓子を選んだ。老婆は笊《ざる》に入れると盆にのせ、ふたりの手許に置いた。

「六文、いただきます」

竹之介が懐から巾着《きんちゃく》を取り出して支払った。

「実を言うと、昼飯を食べておらぬのだ」

「まあ」

蕗が笊を竹之介の方に寄せた。

「そのようなつもりで言ったのではない。食べぬか」

「いただきます」

蕗が麩菓子を口に入れた。黒糖の甘さに蕗が笑った。竹之介も同じものを食べ、同じ顔をした。

「竹之介様も、やがては御奉行所に勤められるのですか」

「そうだろうな」

「盗賊とかを捕まえるのですね」

「私に捕まる者がいてくれるか、心配だけどな」

「竹之介様は立派な御役人になられると思います。必ずなられます」

「おだてたって、もう小遣いはないぞ」

蕗がぶつ真似《まね》をした。

「蕗は大きくなったら、どうなっているのだろうな」

「女はつまりません」

蕗が、戸板を見詰めた。

「嫁《よめ》に行った先次第ですから」

「…………」

竹之介は外に目を遣った。雨に追われて、町屋の者が駆けていた。

蕗の塩豆を噛《か》む音が、間遠に、こりっこりっと鳴った。

雨が降り熄《や》まなかったら、どうなるのだろうと、竹之介は思った。

「もう直ぐ熄みますよ」

老婆が、気を利《き》かせたのか、西の空を見ながら言った。

老婆の言った通り、暫くして雨が上がった。

雲が流れている。

「送ろう」

ふたりは木戸番小屋を出て、中山道を板橋宿に向かって歩いた。

「また三日後、送る」

竹之介が言った。

「はい」

と蕗が答えた。


「竹之介を使いに出したのか」

組屋敷に戻って来るなり、軍兵衛が栄に尋ねた。

「どこに、でございますか」

「板橋へだが」

「いいえ」

突然何を言い出すのかと、栄が訝《いぶか》しげに顔を曇らせている。

「竹之介が神田明神の前を、板橋宿の方に向かって一目散《いちもくさん》に駆けて行くところを、留松が見たんだそうだ」

「いつのことでございますか」

「今日の昼頃のことだ」

「でしたら……」

住吉町の道場に稽古に通っている頃合だった。六浦自然流《むつうらじねんりゆう》の道場は、厳しいことで知られていた。稽古を抜け出すには、相応の理由《わけ》が要るはずだった。

「人違いでは」

「留松が竹之介を見間違えるか」

あっ、と栄が呟《つぶや》いて、口許に手を当てた。

「心当たりがあるのか」

「申し訳ありません。ついお話ししておりませんでしたが」

栄は、三日前に板橋宿の平尾を訪ねた帰路の出来事を話した。前田家の下屋敷の子供にからかわれていた少女・蕗を助け、竹之介に送らせた。

「真性寺の辺りというと黒鍬《くろくわ》か」

「そのようでございます。こう申しては何でございますが、内証《ないしよう》は可成《かなり》苦しいようでございました」

「だろうな。黒鍬の俸禄は十二俵一人扶持《ぶち》だからな。しかも、町方《まちかた》のような余禄《よろく》はないときている」

「それでは……」

とても暮らしてはいけませぬ、と言い掛けて、栄が口を閉ざした。栄は、蕗の着物の継ぎ接ぎが目に浮かんだ。少年の目に、あれはどう映ったのであろう。

「竹之介が」と軍兵衛が言った。「その蕗という娘と会っているのなら、こりゃ何と言うか、畜生《ちくしょう》羨《うらや》ましいな。俺が十一の時は、食うことか遊ぶことしか考えていなかったぞ」

「あなた」と栄は睨《にら》んでみせてから、訊いた。「それより、大丈夫なのでしょうか」

「下屋敷の連中か」

「五、六人はおりました。囲まれたら、竹之介ひとりでは、とても敵《かな》いませぬ」

「それを知っていて会いに行ったのだから、それなりの覚悟はあったはずだ。それでも困ったら、何か言って来るだろう。まだ、こっちから言うことはねえぞ」

「分かりました……」

心配ではあったが、男の子の心持ちは父親の方が分かるに相違ないからと、栄は引き下がった。軍兵衛の脱いだ羽織を畳み、着物を吊《つ》るした。

台所に下りようとして、栄は蕗の母親の病のことが気になった。

「両舟という御医者をご存じですか」

「聞いたことがある」

「腕は、よいのですか」

「それは知らねえが、どうした？」

「その御医者から、もう随分長いこと、薬をもらっていると聞いたので」

「両舟からか」

信じられなかった。両舟は、薬料が高いことで有名だった。

「黒鍬の俸禄では、とても両舟にはかかれねえはずだぜ」

栄と軍兵衛が、ふと目を見合わせた。

帰宅を告《つ》げる竹之介の大きな声が、届いた。

「遅くなりました。道場の掃除をした後で、つい遊んでしまいました」

# 第三章　《い組》の文吉《ぶんきち》

一

臨時廻り同心《どうしん》の鷲津軍兵衛と定廻《じょうまわ》り同心の小宮山仙十郎は、小網町の千吉と神田八軒町の銀次、そして霊岸島浜町の留松とその手下らを奉行所に集めた。そこに、加曾利孫四郎と定廻り同心筆頭の岩田巌右衛門が加わった。

五月十二日。五ツ（午前八時）。刻限通りに集まった千吉らを前に、軍兵衛がこれまでの経過《いきさつ》を話し、浪人・永井相司郎の病死と《伊勢屋》弥右衛門殺しが結び付いたことを知らせた。

「皆に調べてもらいたいのは、浪人・永井相司郎の足取りだ。特に知りたいのは、病死体として見付かった五月八日から遡《さかのぼ》ること二か月。三月の八日前後だ。その頃、相司郎は四、五日長屋に戻らなかったらしい。どこで何をしていたか。恐らく、この時に殺しの《元締《もとじめ》》か、その息のかかった者と、何らかの形で出会ったと思われる……」

軍兵衛は一息吐《つ》いて、続けた。

「足取りを探る手掛《てが》かりだが、医師の道庵先生が言うには、その頃相司郎は胃の腑《ふ》が破れ、血を吐いたらしい。そのために動けなくなったとも考えられる。では、動けない間、どこにいたのか。寺社の縁の下か、橋の下か、それとも誰か知り合いの者に看病でもされていたのか。探すに苦労とは思うが、汗を掻《か》いてくれ。相司郎が出会った者は、お裁きをないがしろにし、金で仕置きを行なう者どもなのだからな」

「申し上げます」銀次だった。

「何だ？」

「実は、あっしどもは八日以降、小宮山の旦那《だんな》のお指図《さしず》を受け、永井相司郎の足取りを調べておりやした」

「聞こう」

「へい、相司郎は《猫間のお時》を《白虫《しらむし》》にかけた時、芝口橋の北詰におりやした。長屋は露月町でございやす。そこで、とにかく街道筋から埋めようと思い、品川宿から金杉橋《かなすぎばし》にかけて虱潰《しらみつぶ》しに調べましたが、相司郎らしき御薦《おこも》を見た者はおりやせんでした。このところは増上寺《ぞうじょうじ》周辺の町屋などを調べていたのですが、依然としてそれらしい御薦を見かけた者は出て参りやせんでした。ですが、今旦那の話をお伺《うかが》いしている間に、ちいと閃《ひらめ》いたのでございやす」

「話せ」

「生意気を申しやすが、ひとつ目は、仇《かたき》を見付けた時に倒れたとすると、芝口橋から《伊勢屋》までの道筋。それも、仇が《伊勢屋》の主《あるじ》だと分からなければなりやせんのですから、《伊勢屋》近くが怪《あや》しいのではないでしょうか。しかも、倒れても噂《うわさ》にもならねえくらい素早く誰かに助けられたものとすると、人通りの多い町中でしょう。ふたつ目は、後を尾《つ》けているうちに倒れた場合でございやすが、二月《ふたつき》前の《伊勢屋》の出掛け先を調べれば、必ずや相司郎を見かけた者がいるやに思いますが」

「いい読みだ」

「ありがとうございやす」

「礼を言うのは、こっちだ」

軍兵衛は、『江戸大絵図』を広げながら言った。

「銀次の読みもよかったが、病死と分かった時に、尚《なお》も足取りを追わせたとは、流石《さすが》名同心と謳《うた》われた小宮山さんの倅《せがれ》だ。俺も、もう少し謙虚にならぬといかんと思うたわ」

「なってほしいものよ」

島村恭介だった。与力《よりき》の出仕《しゆっし》の刻限から一刻《いっとき》近く早く、奉行所に来たことになる。

島村は、苦労だが頼む、と千吉らに声をかけると、年番方《ねんばんかた》詰所へと歩み去った。千吉らが平伏した。

「御奉行の登城前に、幾つか片付けることがあるらしいのです」

と岩田が、早耳で得た知識を披露した。

「では」と軍兵衛が、千吉らに言った。「『絵図』でそれぞれの調べるところを確かめ合い、夕方まで歩いてくれ。何かあった時は、自身番《じしんばん》に駆け込み、店番《たなばん》を走らせることを忘れずにな」

「鷲津の旦那」千吉だった。「子分でございますが、もう何人か呼び集めてもよろしいでしょうか」

「構《かま》わねえ、任せる」

「ありがとうござんす」

千吉と銀次が、『絵図』の近くへと膝《ひざ》を送った。

「孫四郎」軍兵衛が声をかけた。

「何だ？」

「近頃、お前んとこの親分の姿が見えないが、どうした？」

「出入り禁止にした」加曾利が、横を向いた。「町屋の者に阿漕《あこぎ》な真似《まね》をしやがったのでな」

「他にもいたではないか」

「使えねえし、使いたくもねえ」

「留松、丁度《ちょうど》いい。先だってもそんな話が出たが、お前、加曾利についてみろ。ためになるぞ」

留松が間髪《かんはつ》を容《い》れずに、へいっ、と答えた。いい呼吸だった。

「千吉親分の下でみっちり仕込まれやした。決して足手まといにはならねえつもりでおりますので、よろしくお願い申し上げやす」

「頼もうか」

留松に倣《なら》い、福次郎が不器用に頭を下げた。

間《ま》もなくして、千吉、銀次、そして留松らが江戸市中に散って行った。


浪人・永井相司郎が、三月八日頃、どこで何をしていたのか。

《伊勢屋》に赴《おもむ》き、二月前に弥右衛門が外出《そとで》をした場所を聞き出した千吉は、佐平を始めとして息のかかった者を総動員して、その道筋に沿って聞き込みをしながら歩いたが、何の手応《てごた》えもなかった。

銀次と留松も、手分けして町屋を回り、土地の親分衆の力を借りながら歩いたのだが、相司郎を見かけた者は出て来なかった。

聞き込みは難渋《なんじゅう》した。

無頼《ぶらい》の徒ならば、酔って騒いで迷惑を及ぼすことで、町屋の者の記憶に残るのだが、御薦は、道の端に座り、黙って俯《うつむ》いていることが多い。人々は、たとえその時は見たとしても、路傍《ろぼう》の小石のように記憶にも留めず、行き過ぎてしまうのである。

半刻《はんとき》、一刻、一刻半と、余りの手応えのなさに、それぞれがそれぞれの受け持ちで、額《ひたい》の汗を拭《ぬぐ》っていた時、新六がふと聞き方を変えてみようと思い立った。

「二月程前のことだが、道端かどこだか分からねえが、血を吐いたって浪人者を知らねえかい？」

新六は、銀次の言った《伊勢屋》のある内神田辺《あた》りの町中で聞き込みをした後、筋違御門を渡って、堀沿いに水道橋方向に歩いた。筋違御門を出た辺りの外神田は銀次の縄張りだったので、遠慮したのである。

「そう言えば……」

振売《ふりうり》の豆腐屋が、道端で行き倒れが出たという話を聞いたのは、この先は御三家水戸《みと》様の上屋敷だという武家地に入る手前の広小路だった。

「見付けた者が、お寺に運んだって聞いたぜ」

「お寺って、仏になったなんて話じゃねえよな」

「生きてたはずだ」

「どこの寺だか、知ってたら教えちゃくれねえか」

「申し訳ねえ、そこまでしか知らねえんだ」

行き倒れを運ぶのに、遠くまで行くはずはない。近間《ちかま》だ。新六は、己の勘だけを頼りに寺を回った。

寺は寺社奉行の管轄《かんかつ》であり、町方《まちかた》の領分ではなかった。町方を嫌う寺では、聞き込みに入ることとさえ拒むところがあった。

新六は、ひたすら下手に出た。

「相済《あいす》いやせん。御支配違いであること、重々承知しておりやすが……」

寺を三つ回ったところで、妙立寺《みようりゆうじ》という古刹《こさつ》に出た。

寺の前に立って街道を見渡すと、神田明神に続く道だった。

倒れている者を運び込むには、まことに便利に思えた。

新六は、庫裡《くり》へと足を運んだ。

「恐れ入りやす」


湯島《ゆしま》三丁目の自身番からの使いが、北町の奉行所に駆け込んで来たのは、八ツ半（午後三時）だった。

「出来《でか》したぞ」

叫ぶなり奉行所を飛び出した軍兵衛は、妙立寺に着くや早速庫裡に上がり込んだ。

「あの御浪人は、御名を永井相司郎様と言われました」

「間違いありませんな、その浪人です」

住職が、その時のことを詳細に覚えていた。

寺の脇路地で浪人が血を吐いて倒れていた。来合わせた若い男は、刃傷沙汰《にんじょうざた》かと思い、身を引いたが、血の流れようが口から出たかに見えたので、屈《かが》み込んでみると、確かに吐いたものだった。「大丈夫でやすか」。助けようとしたのだが、動けない。それどころか、血を吐いたためか、話すこともままならない状態だった。そこで男は、塀の向こう側の寺に担《かつ》ぎ込んだ。

「それから四日程、お預かりしたのですが、もの静かな御方でな、浪人になる前は、さぞや立派なお侍様とお見受けいたしました」

「預かっている間に、誰か訪ねては来ませんでしたか」

「助けた男が、担ぎ込んで来た男のことですが、その者が乗り合わせた舟だとか言って、何度か見舞いに来ていた他は、誰も来なんだはずだが」

住職は小坊主を見た。その小坊主が相司郎の世話をしていたのだと、住職が言った。訊《き》いた。

「文五郎《ぶんごろう》さんしか見えませんでした」

「その男は、文五郎というんだな」

「はい。そのように仰《おっ》しゃっていました」

「ふたりがどんな話をしていたか、聞いちゃいないかな。これは大切なことなんだ」

「永井様に尋ねてはいかがですかな。住まいならば、聞いておりますが」

「あれから二月後」と軍兵衛が言った。「また血を吐いて、亡くなられました」

「何と」

住職が掌《てのひら》を合わせ短い経を唱《とな》えた。数珠《じゅず》が鳴った。小坊主も掌を合わせている。

「文五郎に会って話を聞きたいのですが、どこに住んでいるのか、ご存じでしょうか」

「聞いているか」

いいえ。小坊主が、目を伏せた。

「こうしてお調べになっているということは」住職が訊いた。「おふたりに何か……？」

「それが分からないので調べている、という訳でして」

「御役人様」

小坊主が軍兵衛に言った。

「私は、あの文五郎さんを見たことがあるのです」

「どこでだい？」

「それが思い出せないのですが、確かにどこかで見ています」

「何とか思い出しちゃくれねえか。この辺りか、それとも……」

「はっきりしないのです。でも、確かに見ています。永井様をおつれになった時、ふとそのような気がしたのですが、間違いありません」

「分かった。無理に言っても思い出せるもんじゃねえ。が、急いで思い出してくれ。頼む」

「やってみます」

「おう、それでいい」

小坊主が下がった。まだ十三、四だろうか、竹之介よりふたつか三つ上に見えた。

「しっかりとした小僧さんですな」

「人は苦労するとしっかりするものです。その見本でしょうな」

「そうですか」

小坊主の細い小さな肩に何がのっていたのか、軍兵衛は訊こうとは思わなかった。苦労していない方が珍しいのだ、と自《みずか》らの心に囁《ささや》いた。

二

小網町の千吉の子分・新六が妙立寺を訪ね、永井相司郎の足取りを捉《とら》えた頃、そこから僅《わず》か十一、二町しか離れていない不忍池《しのばずのいけ》のほとりにひとりの男が佇《たたず》んでいた。

男は、出合茶屋《であいぢゃや》《花仙《かせん》》の裏木戸からそっと出て来たところだった。

男の名は、ノスリの市兵衛《いちべえ》。出合茶屋を見張り、《囲《かこい》》と呼ばれる離れ座敷で房事を愉《たの》しんだ男女の後を尾け、身許《みもと》を探り、強請《ゆす》る。そのことを生業《なりわい》としている鼻つまみだった。ノスリは鷹《たか》の一種で、野鼠《のねずみ》などを餌《えさ》としていた。己より小さくて非力なものを狙《ねら》い、金品を脅《おど》し取るやり口がノスリを思い起こさせたのか、いつの頃からかノスリの市兵衛と呼ばれていた。

市兵衛が網を張っている不忍池のほとりには、出合茶屋が集まっていた。同じ茶屋でも、料理茶屋が料理を味わうことを主目的とした茶屋であるのに対し、出合茶屋は男女が逢瀬《おうせ》を愉しむところであった。

市兵衛は、これぞと目を付けた男女が《囲》に移るのを庭の樹木の陰で見届け、裏木戸から抜け出して来たのだった。

出て来てから、既に半刻以上は経《た》っていた。

（間違いなく金になる……）

市兵衛は、金のにおいを嗅《か》いだような気がして、《花仙》の表を見詰めた。

駕籠《かご》が呼ばれていた。茶屋に出入りを許された駕籠屋から来たのだろう。口の堅そうな駕籠舁《か》きだった。

女が駕籠に乗った。男は駕籠屋に代金を支払うと、女に何事か囁き、駕籠が担ぎ上げられるのを待たずに、池之端仲町《いけのはたなかちよう》の方へと消えた。

見送る者がいなくなったのである。市兵衛にとっては好都合だった。駕籠は元《もと》黒門町《くろもんちよう》を通り、三橋《みはし》を渡り、不忍池に沿って北へと向かっている。

市兵衛は、間合を空《あ》け、駕籠舁きと同じ速度で走った。寛永寺《かんえいじ》の森が次第に濃くなり、道が狭まって来た。ここを抜け、御花畑の前を通れば、谷中《やなか》に出る。

駕籠を避けるようにして男が歩いて来た。商家の手代なのか、羽織《はおり》を着て、風呂敷包みを抱えている。

男との距離が詰まった。市兵衛は顔を背《そむ》けようとした。男の口が、何か言いたげに開いた。何だ？　市兵衛が男を見た。

「落としましたよ」

男が言った。市兵衛は足の運びを緩《ゆる》めて、振り返った。

途端《とたん》に、熱いものが身体を貫いた。

市兵衛が己の胸許を見た時には、太く長い針《はり》が抜かれ、風呂敷包みの中に隠されるところだった。

（手前《てめえ》、やりやがったな）

しかし、声にはならなかった。目の前が暗くなり、男の姿が視界から消えた。

女は駕籠の中から、ちらりと振り向いて首尾《しゅび》を見定めると、何事もなかったかのように、眠たげに目を細めた。

駕籠は谷中で乗り捨てられた。

女は駕籠屋の目の届かぬところまで歩いてから、辻駕籠を拾《ひろ》った。

「湯島天神まで、急いでおくれ」

不忍池をぐるりと回り、天神の門前町で降りると、男が駆け寄って来た。《花仙》で別れた男である。

後棒《あとぼう》が女の草履《ぞうり》を並べている。男は先棒《さきぼう》に金を払おうと、懐《ふところ》に手を入れた。

「酒代、はずんでやっとくれ」女が男に言った。「乗り心地がよかったんだよ」

「姐《あね》さん、ありがとござんす」

先棒と後棒が息杖《いきづえ》を手にして、礼を言った。

「ご機嫌じゃねえですかい」

歩き出しながら男が言った。

「相変わらず、いい腕してたのさ。隼《はやぶさ》の八《はち》、見事だったよ」

女が男の胸を指で突いてみせた。男の身体が、敏感に動いた。

「隼は、本当に殺しが好きなんだね。迷いがないからね」

「こんなところで……」

男が四囲《しい》を見回した。

誰も聞いちゃいないよ。女は深々と息を吸うと、真顔になって、文吉、と男の名を口にした。

「まだ、あの女と引っ付いてるのかい？」

文吉——。《い組》の文吉である。

「あの女だけは、止《や》めた方がいいよ」

女が鼻先で笑ってみせた。

「言えた柄じゃないかも知れないけど、あれは性悪だよ」

「もう、別れやした」

「本当かい？」

「へい」

「嘘《うそ》は嫌いだよ、あたしも頭《かしら》もね。忘れちゃいないだろうね？」

「勿論《もちろん》でさ」

「ならば、早くそう言うんだよ。悪口は、聞くのも言うのも嫌なもんだからね」

女は小さく笑うと、不忍池方向を避けるように神田明神に向かって歩を進めた。神田川を目にしながら南東《たつみ》に下り、疲れたところで駕籠を拾って大川に出る。そこからは、舟を仕立てて大川を溯り、花川戸町《はなかわどちょう》、今戸町《いまどちょう》の賑《にぎ》わいを見ながら、橋場町《はしばちょう》に戻るつもりだった。

女は橋場町にある川魚料理《川葦《かわよし》》の女将《おかみ》を表の顔にしていた。

女と文吉が神田明神を行き過ぎた頃、妙立寺にいた軍兵衛に殺しの一報が入った。

溯ること半刻余前――。

路上に倒れ、息絶えている市兵衛を見付けた仏具問屋の手代が、仁王門前町《におうもんぜんちょう》の自身番に届け出た。仁王門前町の店番は、巨大な繁華街である下谷広小路に面した元黒門町の自身番に立ち寄り、定廻りとは別の八丁堀か岡っ引を見なかったか尋ねた。定廻りが見回りに来る刻限には、まだ間があったからだ。

「そう言えば」

と自身番で茶を呼ばれていた男が、湯島聖堂の辺りを岡っ引がうろついているという噂を口にした。ありがてえ。店番にしてみれば、下谷から月番の南町まで走るのは面倒だったのだ。店番は、湯島聖堂目指して駆け、妙立寺を探り当てた。

直《ただ》ちに不忍池に走った軍兵衛は、亡骸に茣蓙《ござ》をかけ、四囲を固めていた町役人らに、仏に触れたかを問うた。茣蓙をかけただけで触れていなかった。

茣蓙を捲《まく》り、脈の有無を調べたが、既に事切れて久しかった。序《つい》でに、血に染まっている胸を見た。先の尖《とが》ったもので刺された傷《きず》だった。素人《しろうと》が怒りに任せて付けられる傷ではなかった。

「見付けたのは誰でえ？」

仏具問屋の手代が、前に進み出た。

「触ったかい？」

「とんでもない。そのようなことはいたしませんでございます」

「見付けたのは、いつ頃のことだ？」

かれこれ半刻以上前のことになると、手代が答えた。

「その時、誰か怪しい者を見かけなかったか」

「いいえ、誰も」

「仏を見たことは？」

「ございません」

「仏が誰だか知っている者は？」軍兵衛が町役人と見物の衆に訊いた。誰もいなかった。

「お前さん、ちょっと？」

妙立寺まで走り、また不忍池まで先頭に立って走って来た店番が、己の鼻の頭を指さした。

「そうだ。お前さんだ。ちと頼まれてくれ」

「へいっ」

泣きそうな顔をして、店番が揉《も》み手をした。

「この辺りの医者ってえと、同朋町《どうぼうちょう》の、何と言ったか」

当時医者になるには免許や資格はいらなかったので、江戸市中には夥《おびただ》しい数の医者がいた。その中から、検屍《けんし》などに役立つ、腕のよい医者か否かを、定廻りが見回り中に調べ上げ、表にして各同心詰所に配っていた。軍兵衛らは、それを記憶の片隅に刻《きざ》み付けておくのである。

「長庵《ちょうあん》先生でございますか」

「そうだ。その長庵先生を呼んで来てくれ。急げよ」

店番が走り出した。先生が来る間に、仏がどのような有り様で見付かったか、書き記さなければならなかった。

「お前さんとお前さん」軍兵衛は、大家らしいふたりに、新六の手伝いをするように命じた。

新六に指図され、大家どもが顔を背けながら、紐《ひも》を使って仏と目印までの距離を計《はか》っている。

「御免よ。御免よ」

威勢のいい、掛け声が響いて来た。

上野《うえの》寛永寺から三ノ輪《みのわ》一帯を縄張りにしている岡っ引・鬼《おに》の梅吉《うめきち》だった。

「これは、鷲津の旦那、おっそろしく早《はよ》うございやすね」

突き出た腹を無理に凹《へこ》ませながら、愛想《あいそ》よく言った。

「近くにいただけのことよ」

「何かお手伝いさせていただくようなことは？」

「仏を見てくれ。どこの誰だか分かると、ありがてえんだが」

「へいっ、では、御免《した》なすって」

梅吉は、相手が下っ引《ぴき》だと分かっていても、神田八軒町の千吉の子分であり、しかも軍兵衛に命じられて亡骸の子細を記している最中だからと下手に出、新六に、いいかい、と声を掛け、屈み込んだ。

貫禄《かんろく》に圧《お》されて、新六が手を止めた。

梅吉は男の横顔を覗《のぞ》き込むと、存じておりやす、と言って、苦しそうに腹を持ち上げた。

「ノスリの市兵衛。強請《ゆすり》を稼業《かぎよう》にしている、箸《はし》にも棒にもかからねえ悪《わる》でございやす」

この界隈《かいわい》の出合茶屋から出て来る男女のいずれかを尾け、それが密通だと分かると、奉行所に訴え出ないから首代を払えと強請るのだ、と手口を説《と》いた。密通は男女いずれも死罪だが、夫が内済《ないさい》（示談）で男を許すと言えば、七両二分の金で示談が成立した。つまり男の首代である。

「詳しいじゃねえか」

「御縄にしたかったのですが、強請られた方が口を噤《つぐ》んでしまいやして」

「恥を晒《さら》すことになるからか。だが、そのために次の強請がまた起こるって訳だ」

「そうなんでございやす」

梅吉が、身体を脇に退《ど》けながら言った。店番に案内された医師の長庵が着いたのだ。

梅吉の、己の立場をわきまえた身体の動かし方が、気に入った。

「もう少し、いてくれるか」

「それはもう」

梅吉が腰を折った。

軍兵衛は医師の長庵に、身分と名を告げた。

「胸の傷が命取りとなったと思われるのだが、他に傷がないか調べてもらいたい」

高齢の医師・長庵は、口をもごもご動かしながら頷《うなず》いた。

新六が仏の帯を解き、着物を脱がせた。

危ない渡世《とせい》の男らしく、身体中傷だらけだった。命をかけてまでして、拘泥《こだ》わる稼業とは思えなかったが、こうとしか生きられなかったのだろう。

長庵の検屍は、たちまちのうちに終わった。

「傷は一か所、胸じゃ。針のようなもので一突《ひと》き。これは、素人ではないの。殺しを専《もっぱ》らにする者の仕業《しわざ》だ。断言する」

《黒太刀》を追いかけている時に、また殺しの請け人の仕業らしい殺しが起こったことになる。軍兵衛は、針で刺し殺したような事件で永尋《ながたずね》になったものの記憶を辿《たど》ってみた。正確には、思い出せなかったが、何件かあったはずだった。例《れい》繰方《くりかた》の同心・宮脇信左衛門の顔が浮かんだ。調べさせるか。

「旦那」

新六に促され、我に返った軍兵衛は、後程新六が検屍の綴《つづ》りをもらいに行くと長庵に伝え、店番に送らせた。店番は、再び己の鼻の頭を指さしたが、諦《あきら》めて、役目についた。

「梅吉、仏に身寄りは？」

「おりやせん」

「独《ひと》りか。しょうがねえな」

仏の引き取り手がいない。

「済まねえが」

市兵衛の亡骸を大八車で北町奉行所まで運びたかったが、人出の中を通すのは憚《はばか》られた。しかも、検屍は済んでいる。

「どこか近くの寺で、顔が利《き》くところはねえか」

取り敢《あ》えず置いておく場所がほしいのだ、と梅吉に言った。

「ございやす。ええ生臭《なまぐさ》坊主ですが、あっしの言うことを聞くのがひとりおりやす」

「仏を、その寺にぶち込んどけるかな？」

「本堂でも庫裡でも、好きなところに置かせやす。何、四の五の言ったら、手前《てめえ》の悪さを本山に言うぜと脅かしゃ済むことですからご安心下せえ」

「頼むぜ」

「へい」

梅吉が子分に大八車の調達と、寺への送りを命じた。

「仏の塒《ねぐら》だが、知ってるか」

　軍兵衛が梅吉に訊いた。

「存じておりやす。直《す》ぐ近くでございやすから、ご案内いたしやしょうか」

「そうしてくれ」

　軍兵衛は、町役人らに、仏が運ばれて行ったら自身番に戻るように言い、新六を伴《ともな》って、梅吉の案内で三橋を渡った。市兵衛の塒は、池之端仲町の南にある御《お》数寄屋町《すきやちょう》の《伊右衛門店《いえもんだな》》にあった。

　既に市兵衛が殺されたという噂は届いていたらしく、軍兵衛らがいつ来るかと、大家と店子《たなこ》どもが入り口の木戸で待っていた。

「市兵衛の借店はこちらでございます」

　大家が梅吉の前に立って、棟割《むねわり》長屋を奥へ進んだ。

　市と書かれた腰高障子《こしだかしょうじ》の前で止まり、ここです、と言って身体を引いた。

　梅吉が勢いよく障子を開《あ》けた。饐《す》えたようなにおいがした。

　敷きっ放しの薄い布団が一枚、薄縁《うすべり》の上に広がっていた。酔って帰っては、そのまま横になり、柏餅《かしわもち》で眠るのだろう。壁には、洗い張りなどしたこともなさそうな、汚れ切った着物がぶら下がっていた。水瓶《みずがめ》を覗いた。汲《く》み置きの水が、溢《あふ》れる程貯《たくわ》えられていた。

　上がり込んだ新六が、簞笥《たんす》や神棚を見て回っている。一通り見て回ってから、また簞笥の前に戻ると、揺らしている。

「どうした？」

「何か、ありやす」

　簞笥を持ち上げた。紙縒《こよ》りで綴《と》じられた書き付けがあった。中を見た。金釘《かなくぎ》文字がびっしりと並んでいた。

『四がつ十八にち　おおえや　やまざき丁　しなのや
　二十三にち　かせん　ばんずいいん門ぜん丁　えちごや』

「《大江屋》に《花仙》は、池之端の出合茶屋でございやす」

　紙を繰《く》ってみた。同じように、日付と茶屋の名と、訪れた客らしい名が記されていた。

「見張って克明《こくめい》に付けていたんだな」

「そして目ぼしいのを選んで強請ったんでございやすね」

「我慢出来なくなったのがいたって訳か……」

　強請られた客を篩《ふるい》にかければ、殺しを頼んだ者が割れよう。となれば、《元締》

に辿り着くかも知れない。

「旦那」

新六だった。何だ？　借店の中を全部見たのですが、小銭しかありやせん。一朱金が二枚あるだけで、後は一文銭と四文銭だけであった。

あくどく強請っていた者にしては、蓄《たくわ》え金がいかにも少なかった。

「他に隠すようなところもござんせんし、こんなものなんでしょうか」

そんなことはあるめえよ。

軍兵衛は、新六に答えながら背帯から十手《じって》を引き抜くと、戸口へと向かい、上がり框《かまち》に立った。

「勘が錆《さ》びてねえといいがな」

前にいた大家に言った。

「済まねえが、履物を持っていてくれ」

大家が、三人分の雪駄《せった》を手に取った。

「少し下がってな」

言うや、十手で水瓶の腹を打った。瓶が割れ、汲み置きの水が土間に溢れた。瓶の底が微《かす》かに光った。敷き詰められた砂利の下に小判が埋められていた。

た。

「あったぜ」

軍兵衛が新六に言った。新六と梅吉は顔を見合わせてから、小判を拾い集めた。

「三十八両、ございやした」

「葬式代が出たな」

軍兵衛が梅吉に言った。

「今日はご苦労だったな。助かったぜ」

軍兵衛は懐から一分金を二枚取り出し、梅吉の手に握《にぎ》らせた。

「子分衆と飲んでくれ」

「ありがとうございやす。では、遠慮なく頂戴《ちょうだい》いたしやす」

梅吉は、金を握った手を額のところに翳《かざ》してから、新六に言った。

「いろいろ出過ぎた振舞いをいたしやしたが、許してやっておくんなさい」

新六が、慌てて礼を返した。

「旦那」と梅吉が、軍兵衛に向きを直した。「これをご縁に、お声を掛けてやっておくんなさいやし」

「分かった。取り敢えずは、市兵衛の後始末を頼むことになるだろうが、その時は頼むぜ」

「心得やした。では」

梅吉が駆け去った後から、軍兵衛らも長屋を出た。

奉行所に戻り、島村に経緯を話し、また宮脇信左衛門にも調べを頼まなければならなかった。

「急ぐぞ」

歩調を速めた。新六がついて来る。

「新六」と軍兵衛が、歩調を変えずに言った。「今日一番の手柄は、お前だ。よく文五郎に辿り着いた。明日からは、妙立寺の小坊主に引っ付いていてくれ。千吉には、俺の方から話しておく」

「へい」

新六の足の運びが速くなった。

「あれは」

と新六が言ったのは、筋違御門から日本橋へと抜ける大通りを、急ぎ足になっていた時だった。

新六の目を追うと、町火消人足改《まちびけしにんそくあらため》同心の野田耿之介と《一番組》の頭取《とうどり》・雷神の房五郎がいた。小伝馬町の牢屋敷《ろうやしき》の方から神田堀沿いに、家並みを見ながら歩いて来たらしい。

「鷲津さん」

気付いた野田が、軍兵衛を呼び止めた。

「御見回り、ご苦労様でございます」

野田と頭、そして供の者らが頭を下げた。

「よしてくれよ、お互い様じゃねえか。そっちも大変だな」

「この辺りは、少しの風で火の海になりますので。風向きと火の通り道を、今検討していたのです」

「御奉行所や通りで、幾度か鷲津様をお見掛けいたしやしたが、ご挨拶《あいさつ》させていただくのは初めてでございやす。《い組》の頭をしておりやす房五郎と申しやす」

軍兵衛は、房五郎が《一番組》と言わずに《い組》と言ったことを聞き逃さなかった。どうして低い方の地位を言うのか。度量なのか。

軍兵衛は、顔には出さず、丁寧に礼を返すと、町屋のことを頼んだ。

「何としても、お江戸を守ってご覧に入れやす」

「任せたぜ、頭取」

「へいっ」

房五郎が、上目遣いに軍兵衛を見ながら答えた。

軍兵衛は、奉行所に戻らなければならないからと、そこで野田らと別れた。

「新六」

「何でがしょう？」

「振り向いて、野田らを見送れ」

「…………？」

「見送れ」

新六が振り向いた。火消の頭は、どうしてる？　歩いてます。そうじゃねえ、こっちを見ているか、どうかだ。振り向いておりやすが。分かった。

何が分かったのか、軍兵衛にも、もうひとつ分からなかったが、とにかく奉行所へと急いだ。その脇で、房五郎に文五郎か、と新六が呟《つぶや》いていた。

三

五月十三日。朝五ツ（午前八時）前。

出仕の途次にあった加曾利孫四郎が海賊橋の西詰に目を遣り、あれは何だ、と留松に言った。男が荒い息を吐き、脇腹を押さえていた。

「訊いて参りやす」

戻って来た留松が、低い声で言った。

「殺しです」

男は、柳橋《やなぎばし》北詰にある平右衛門町《へいえもんちょう》の自身番の店番で、月番である南町奉行所に知らせに走ろうとしているところだった。

「俺は北町の臨時廻りだ。案内しろ」

「でも、旦那。月番は……」

「手前が脇っ腹抱えている間に、仏は腐っちまうだろうが」

鷲津の旦那と同じだ、と留松は思った。言うことも、においも似ている。妙に嬉しくなった。

店番が留松を見上げた。留松は頷いて見せた。

加曾利は、中間《ちゆうげん》の御用箱を福次郎に持たせると、中間を奉行所に走らせた。

「後で追って来い」

行くぞ。加曾利は言ってしまってから、しまった、と思った。こっちの調べで手いっぱいになったとしたら、いざ《黒太刀》が動いた時に動けねえ。言うのではなかったと悔いながら、加曾利は留松と福次郎をつれて、柳橋へ走った。

大川から吹き抜けて来る風が、肌に心地よかった。息が続かない。歩みに変えた。

「梅雨《つゆ》は明けちまったんじゃねえのか」

加曾利が留松に言った。

「なあに、また降りまさあ」

「そうかな？」

「間違いありやせん」

「何ゆえ言い切れるのだ？」

「福次郎の親父《おやじ》の足が痛むからでございやす。梅雨が抜けねえと治りやせん」

「そうなのか」

加曾利が福次郎に訊いた。

「へい。折ったところが痛むとか」

「重宝だな」

「まあ、重宝と言えば、重宝かも知れやせんが」

「いや、そいつは重宝だ」

平右衛門町裏の《青花長屋《あおばなながや》》の前は、騒ぎを聞き付けた弥次馬《やじうま》が集まっていた。

「邪魔だ、邪魔だ。退《ど》かねえかい」

留松が近付きながら怒鳴《どな》り、両手で道を開けるよう命じた。

路地の両脇に、露草《つゆくさ》が咲き始めていた。

青花とは露草のことで、これから秋までの間、路地は露草の花で縁取られるのだろう。

殺されたのは、夏《なつ》という両国広小路に程近い米沢町《よねざわちょう》の矢場《やば》の女だった。年の頃は、二十五、六。肉置《ししお》きのよい、男好きのする顔立ちをしていた。

借店は、九尺二間、台所に四畳半一間の割長屋だった。夏は、薄縁を敷いた座敷の中程で仰向《あおむ》けに倒れていた。

加會利は、念のために脈を調べた。事切れていたが、まだ身体にぬくもりが感じられた。殺されて間もないことが分かった。首には手で絞《し》め殺された痕が残っていた。

「仏を見付けたのは？」

泣いていた女が、あたしだと答えた。同じ矢場で働いている女だった。今朝、待っても来ないので、呼びに来て見付けたのだと言った。

「何刻《いっ》のことだ？」

六ツ半（午前七時）を回った頃だと言った。

「やけに早いじゃねえか」

矢場は淫売屋《いんばい》でもあった。客の多くが来始めるのは、昼近くからだった。

「女将さんに、もう梅雨は明けたから、店の模様替えをするって言われたんです」

「明けねえよ、まだ」

「でも、ちっとも雨が……」

「降る。必ず梅雨に戻る」

「本当かしら」

「本当だ」

加曾利は一旦《いったん》女に待つように言うと、留松と福次郎に、仏の様子を詳細に書いておくように命じた。留松と福次郎が、懐から紙や紐を取り出し、計っては書き留め始めた。

「大家は？」

紋付きを来た大家が、低頭しながら進み出て来た。

「この辺りに産婆はいるかい？」

「はい、おりますが」

「呼んでくれ、急いでな」

「生まれるんで」

「生まれねえ。死んでるんだ」

「はい？」

「急いでくれ」

大家が、店子に指示を出している。店子が長屋からすっ飛び出して行った。

「待たせたな」

女が、いいえと科《しな》を作って答えた。

「お前さん、お夏、嫌いだろ？」

「何を仰しゃるんです」

「さっきは泣いてたが、ありゃあ、嘘だよな？」

女が小さく吹いてみせた。

「分かります？　泣かないと格好が取れないので泣いてましたけど、実際、嫌な娘《こ》でしたからね」

貸した簪《かんざし》は返さない、仲間の客は盗《と》る、陰で悪口を言う。仲間の評判は散々だったと、女が言った。

「客の評判は？」

「よかったんじゃないですか。のぼせているのもいましたからね。でも、あの娘には情がなかったから、皆直ぐに飽きてしまいましたけどね」

「飽きねえのもいただろう？」

「それは何人かいたようでしたけど」

「そいつらの名を教えちゃくれねえか」

「米問屋《稲田屋《いなだや》》の手代……」

「待ってくれ」

加曾利は懐紙《かいし》と矢立《やたて》を取り出した。

「もう一度、頼む」

「米問屋《稲田屋》の手代、政次《せいじ》」

「身体はでかいか小さいか。太っているか、痩《や》せてるか。そして歳《とし》は？」

「小柄で痩せていまして、三十少し前でしょうか」

「次は？」

女が五人の名を挙げたところに産婆が来た。年の頃は、五十くらいに見えた。

「忙しいだろうに、済まねえな」

「あたしに何か御用が」

「大有りなんだ。仏が年増《としま》の女でな、俺が身体を探る訳にはいかねえんだ。頼まれてくんな」

「分かりました。で、何をいたしましょう？」

「ちと待ってくれな」

加曾利は、弥次馬を追い出すと、大家と朋輩《ほうばい》の女に立会人になるように命じた。

ふたりが承諾した。

留松と福次郎が長屋の路地に戸板を敷き、その上に女を寝かせた。

「着物を」

「へい」

留松と福次郎が、女の帯を解き、着物を脱がせ、襦袢《じゅばん》と腰巻きを外した。

「産婆さん、綿を持ってるか」

「持っております」

「中指に巻いて、陰門をそろりと探ってみてくれ。何かを打ち込まれていないとも限らねえからな」

「やってみます」

産婆が夏の脇に膝を突いた。両足が閉じられている。

「福次郎、手伝ってやれ」

福次郎が夏の両足を持って、左右に広げた。産婆が、陰門に指を差し込んだ。

「何かあるかい？」

「何もないようでございます」

「この女の商売が分かるか」

「茶屋ですか」

「素人には見えねえかい」

「玄人《くろうと》ですね。直ぐに分かりますよ。線香で毛を焼いて整えていますからね」

加曾利が朋輩の女に訊いた。

「お前もそうなのか」

「そりゃ、切ると焼くのとでは、切り口の滑《なめ》らかさが違いますからね」

「成程《なるほど》」加曾利は頷くと、産婆に訊いた。「他に、何か気付いたことは?」

夏の下腹を押していた産婆が、赤ん坊がいますね、と言った。

留松と福次郎が、太い息を吐いた。

「それだけ分かれば十分だ。ありがとよ」

加曾利は産婆に駄賃を渡すと、朋輩の女と留松と福次郎に、仏を借店に入れ、着物を着せてやるように言った。

「あたしもですか」

「お前が殺された時は、もっと丁寧に調べてやるから手伝ってやってくれよ」

「嫌な旦那だこと」

女は福次郎と留松に夏を抱き起こさせると、腰巻きを巻くことから始めた。

加曾利は、大家に長屋のかみさん連中を集めるように命じた。

六人のかみさんが、大家の家に現われた。

「済まねえが、教えてほしいんだ。お夏は首を絞められて殺されていた。絞め殺すってのは、非力な女のすることじゃねえ。男の仕業だ。誰か、お夏を訪ねて来ていた男を見ていたら、教えちゃくれねえか」

「太ったのが、来てたよね。ほらっ、汗かきの大男さ」

ひとりが言った。加曾利は懐紙を取り出し、太った男の該当者を探した。《清《し》水屋《みずや》》春太郎《はるたろう》というのがいた。

「あれは、もう二、三年前じゃないのさ」別のが言った。「旦那、最近のがようござんしょ？」

「そりゃあ、新しい方がいいに決まってらあな」

「いましたよ」赤っぽい髪の女が言った。

「誰でえ？」

「あたしじゃなくて、よく見てたのは、お隣の熊八《くまはち》さんとこですよ」

「熊八の女房でございます。見てました」

「話してくんな」

「このところよく来てましてね、何だか揉めていました」

「揉めてる訳は聞こえなかったか」

「産むの産まないの、とか」

「相手が誰だか分かるかい」

「顔を隠そうとしてたけど、ねえ」

と熊八の女房が、赤っぽい髪の女に言った。

「隠せませんよ」

「何が言いたいんだ？」

「相手は、町火消なんでございますよ。《い組》の文吉。まだ売り出し前だけど、知っている者は知っているんですよ」

矢場に通っている男の中にも、その名はあった。矢場だけでなく、長屋にも通っていたことになる。

（くせえな）

《い組》から当たるか。ご苦労だった、大助かりだぜ。加曾利は、大家とかみさん連中に礼を言ってから、夏の借店に戻った。夏は着物を着せられて、横になっていた。

「加曾利の旦那、大変《てえへん》でございやす」

留松が長屋に駆け込んで来た。気分が悪くなったと言う朋輩の女を送っていたのだった。

「何があった？」

「文吉らしい男が、慌てて逃げて行くところを、見た者がおりやした」

「誰でえ？」

「表店の手代でございやす」

「何で、今まで黙ってた？」

「お店の用で、朝から出ていたとか、言っておりやす」

「連れて来い」

「来てます」

加曾利が、のっそりと長屋に入って来た男を睨《にら》み付けた。

文吉の容疑が濃厚になったとなると、ことは町火消だけに止《とど》まらない。町火消は奉行所の支配下に置かれているのである。まず奉行所に寄って、知らせてから動かなければならなかった。

それは、いかにも面倒だった。

軍兵衛なら平気で無視するのだろうが、それが出来ない己が恨《うら》めしかった。

四

加曾利孫四郎が留松と福次郎を伴い、《青花長屋》を出ようとした半刻前。《い組》の文吉は、橋場町の川魚料理《川葦》の女将・破魔《はま》を訪ねていた。

「朝っぱらから、何だい？」

店の裏に回り、大川のほとりに出た。辺りには、誰もいない。

「ええことを、しちまいやした。もうどうしたらいいのか、分かりやせん」

文吉が頭を抱えた。

「それじゃ分からないよ。何をしたのか、はっきりとお言いな」

破魔は苛立《いらだ》ちの声を上げたところで、まさか、と言って、文吉の肩を揺すった。

「裏の稼業に差し障《さわ》りはないんだろうね」

「殺しちまったんです」

「誰を？」

「そんな気はなかったんです。本当です。信じて下さい」

「信じてやるけど、誰を殺したの？」

「お夏です」

「別れたと言っていたじゃないか」

「嘘だったんです」文吉の目から涙が溢れて流れた。「でも、あいつの腹に誰のか分からねえ赤ん坊がいて……。つい、かっとなって」

「殺したのは、いつだい？」

「今朝《けさ》のことです。一刻くらい前になりやす」

「誰かに見られたってことは？」

「ありやせん」

「あの女とお前と、結び付くのかい」

「店にはよく通っておりやしたが」

「それだけなら、誤魔化しようはあるだろうさ」

「長屋にも行ってやした。大声を張り上げているのを隣の奴に聞かれちまってるかも知れやせん」

「駄目だね。捕まるね」

破魔が形相《ぎようそう》を変えた。

「だから言ったじゃないか、あの女は駄目だって。なぜ聞かなかったんだい？」

「あいつは悪い女じゃねえんです」

姐さん、と言って、文吉が言葉を継いだ。

「あいつの長屋は《青花長屋》って言って、露草がいっぱい咲くんですよ。なのに、露草は一日でしぼむから嫌いだとか吐《ぬ》かしやがって、だったらおん出りゃいいじゃねえか、と言っても居座っているような女でした。青花紙って知ってやすか。露草の絞り汁で染めた紙でしてね。水に浸《つ》けると直ぐに色が落ちてしまうんです。そんな紙を作っては喜んでおりやした。他人様《ひとさま》が言う程悪い奴じゃなかったんです。ただ、ちょいと男にだらしなかっただけなんです」

「馬鹿お言いじゃないよ。殺されるには、それで十分なんだよ。だからって、殺しちまうとはね……」

破魔は、しゃがみ込むと両腕の間に顔を埋《うず》め、暫《しばら》く考えていたが、ひょいと顔を起こすと、逃がしてやる、と言った。

「頭と相談して、必ず逃がしてやるから、今は隠れてな」

場所は知っているね、例の家だ、あそこなら分かりゃしないから、決して動くんじゃないよ。例の家とは、四ツ谷御門外の伊賀町《いがまち》に借りてある仕舞屋《しもたや》だった。

何かあった時には、ここに逃げ込み、旅仕度《じたく》して四ツ谷の大木戸を抜け、内藤新宿からふけることになっていた。

破魔は、裏口から店に入ると、贔屓《ひいき》の客が忘れて行った、お店の名入りの法被《はっぴ》を持って来た。

「これを着て、俯いて歩くんだよ。後で食べるものは届けるからね」

「済みません。頭に詫《わ》びといておくんなさい」

「頭はあたしの命の恩人だし、お前の親も同然なんだ。甘えりゃいいさ、お前を捕まえさせたりはしないよ」

法被に袖《そで》を通しながら、文吉が大川沿いに走り去った。

破魔は小石を拾うと、思い切り川に投げ捨てた。波が立ち、波紋が広がって行った。

瀬戸物町にある町火消《い組》に、破魔が姿を現わしたのは、それから一刻余後だった。

「これはこれは、《川葦》の女将」

小頭の貴三郎が、機嫌よく出迎えた。その声音《こわね》を聞いて、八丁堀は来ていないのだと確信した。こっちが、先回りをしている。

「頭なら、奥におられます。どうぞ、お上がり下さい」

ほっとして、草履を脱いだ。

雷神の房五郎は、神棚を背に長火鉢の前で胡座《あぐら》を掻いていた。

破魔を見ると、目で座るように言った。

「茶でも淹《い》れるか」

鉄瓶《てつびん》の湯を急須に注《さ》し、茶葉が開く間に、猫板に湯飲みを置いた。

茶が入った。

「まあ、飲むがいい。お前《めえ》が来た訳は分かってる」

「えっ……」

見詰める破魔に応えようともせずに、煙管《キセル》を手にした房五郎は、雁首《がんくび》で煙草盆《タバコぼん》を引き寄せると、刻みを詰め、小壺《こつぼ》で火を点けた。小壺には、灰が敷かれ、小さな熾火《おきび》が置いてある。

房五郎の口から、濃く青い煙がゆるりと立ちのぼった。煙は縞《しま》になって漂い、流れ行く方向を探っている。

「潮時《しおどき》かも知れねえな」

房五郎が呟くように言った。

「……来たのですか」

「貴三郎が出た。俺はここで聞いていた」

「それで、何と？」

「文吉の長屋を教えていた」

「《八兵衛店《はちべえだな》》には、おりませんよ」

「お前んとこに、行ったのか」

「はい」

どこかで、人の気配がした。破魔は湯飲みを口許に運んだ。

「おいしいお茶ですね」

「駿府《すんぷ》のだよ」

「違いますね」

「違うもんだな」

「例の家に行くように言いました」

「そうかい」

「どういたしましょう？」

「少し飲まねえか、半の字も入れて」

《計り虫》の半三のことだった。

「手配いたしますが、どこで？」

「やはり諏訪町かな」

「お好きですね」

「あそこの茄子《なす》は美味《うま》いんだよ」

「九ツ半（午後一時）でよろしいでしょうか」

「そうだな」

房五郎は、深く煙草を吸い込むと、窄《すぼ》めた唇《くちびる》から棒のように煙を吐き出した。

諏訪町の船宿《川喜多》の奥座敷に房五郎が着いた時には、破魔と半三は既に来ていた。

「待ったかい？」

「いいえ」

「御奉行所に頼まれて、文吉の破門状を書いていたんだよ」

「それは？」

文吉が捕まり、殺したと白状した時に使うらしい、と房五郎が話した。一月日《ひとつき》付を溯って破門していたことにすれば、奉行所の御役人も《い組》も傷付かないんだそうだ。辞めた者のしたことだって訳でな。

「それでも、町火消人足改の御役人は、真《ま》っ青《さお》になっていなさったよ」

「笑っちまいやすね」

「本当に」

「ところが、笑えねえんだよ」

房五郎が、開け放たれている障子窓から外を見た。青い空に、都鳥《みやこどり》が浮いていた。

「その真っ青になっている御役人は、若いが、いい御人なんだ。俺は何度となく一緒に市中を歩いたが、節気毎《ごと》の風の向きなど、なまじの火消より詳しくてな、口幅ったいことを言うと、目をかけていたんだ」

「そうだったんでございやすか」

半三が、破魔を見た。

「でも、頭。《い組》もその御役人も助かるのですから、よろしいではありませんか」

「まあな、しかし俺は、時期を見計らって、頭を辞めなきゃならないだろうがな」

「問題は、文吉でございやす。捕まったら、恐らく話しちまいやすぜ」

半三が、お通しに出ていた小茄子の漬物を奥歯で嚙《か》んだ。

「半三さんも聞いていなさるはずだけど、あの子の父親は、あたしのせいで死んだんだよ。何とか、逃がしてもらえないかい？」

遠く過ぎた話だった。十八年前になる。街道で悪さを行ない、旅人を苦しめて来た盗賊団が八州廻《はっしゅうまわ》りに捕らえられた。辛くも逃げ延びたのは、破魔と為《ため》と呼ばれた男のふたりだけだった。中山道の鴻巣宿《こうのすじゅく》で右と左に別れる前夜、破魔は為のたっての願いを聞き入れ、一夜をともに過ごした。

その足で江戸に出た破魔は、水茶屋で働いているところを、真綿問屋の隠居に見初《みそ》められ、妾《めかけ》となった。それから三年。破魔に飽きた隠居からもらった手切金を元手に、水茶屋を開いたのが始まりで、今の橋場町の《川葦》を営《いとな》むまでになったのだが、《川葦》を開いて一年後に、為が現われ、昔のことをばらされたくなかったら、と強請られたのだった。

贔屓にしてくれていた雷神の房五郎に相談している間に、暴れ込んだ為を取り押さえようとして、《川葦》の番頭が殺された。文吉の父親だった。その時、文吉は十六歳だった。

房五郎が腹を括《くく》った。

――障りがあって、奉行所に訴え出られねえと言うなら仕方ねえ。あいつの腸《はらわた》は腐ってやがる。捻《ひね》り殺して、大川に叩《たた》き込むしかあるめえ。

それが、殺しを行なった最初だった。若い文吉を仲間に入れたくはなかったが、殺しを知られている以上、共にいさせることが最良と思われた。

房五郎と破魔、そして文吉。そこに半三が加わり、人様《ひとさま》に血の涙を流させている極悪人だけを始末するという決まりを設け、殺しの依頼を請けることにした。殺しを行なう請け人は、抜きん出た腕と性根《しょうね》が必要であるため、房五郎が選んだ。

「姐さん」

と半三が、首を振りながら言った。

「それとこれとは別の話でございやす。あっしは文吉さんに命を懸けたくはござんせん」

「破魔、文吉は己の手で死ねる男かい？」房五郎が訊いた。

「………」

「答えろい」

「分かっています。こんなことは言いたかないのですが、たかが女と手を切れなかった男です。信ずるには足りません」

「その通りだ。俺もいつの間にか、あいつの父親のような気になっちまってた。半三、よく言ってくれたな」

「生意気を申しました」

半三が、畳に手を突いた。

「頭や姐さんが、文吉のことを可愛《かわい》がっていること、承知しておりやす。しかし、ここで、押切の先生を含め、皆が捕まる訳には参りやせん。心を鬼にいたしやした」

「鬼になる。そう決めて始めたことだ。貫くしかねえんだよ」

「どちらに殺《や》らせやしょうか」

「ここは隼だろう」

「隼は請けませんよ」破魔が言った。「殺しが続くのは嫌だと言ってましたからね」

「先生は？」

「文吉への思い入れはないはずで」

「頼んでくれ。俺が頼み金二十両を出そう」

「では、今回は《計り虫》の役目はないので、着物の調達などはあっしがいたします」

「そうしてくれ」

「せっかくのお座敷ですが、これで」

半三が座敷を後にした。三つあったうちの、ひとつの席が空になった。

これからは、いつもひとつが空になるのだ、と破魔は思った。

（頭だって寂しいはず……）

思いが頭に及んだ時、小頭の貴三郎のことが脳裡《のうり》に浮かんだ。

（あの人は、あたしたちのことを知っている）

そんな気がしたが、敢えて房五郎に尋ねようとは思わなかった。

「飲め」

と房五郎が徳利を手に取った。

「飲みます」

杯を差し出した。

「そうよ。それでこそお前《めえ》よ」

# 第四章　同心《どうしん》・宮脇信左衛門《みやわきしんざえもん》

一

市ケ谷《いちがや》御門外にある、尾張《おわり》徳川家の上屋敷をぐるりと回り込み、御先手組《おさきてぐみ》の組屋敷を東西に見ながら進むと、四ツ谷御門と四ツ谷の大木戸を結ぶ大通りに出る。内藤新宿の追分《おいわけ》で青梅《おうめ》街道と分かれる、甲州街道である。

文吉が隠れている伊賀町は、御門と大木戸の中程にあった。町の背後には、寺社が寺町のように建ち並んでいた。

借りている仕舞屋《しもたや》が、半町《はんちょう》（約五十五メートル）先に見えた。

「よいのだな?」

押切玄七郎が半三に訊《き》いた。

「許しを得ておりやす。問答無用でお願いいたしやす」

「心得た」

「騒がれて、誰ぞに追われるようなことは絶対にないよう、お頼みしやす」

「一撃で倒す」

「流石《さすが》、先生だ」と言って半三が、風呂敷を持ち直した。「では、後からついて来て下さいやし」

風呂敷の中は、文吉に見せるための青菜が入っていた。姐《あね》さんから頼まれて、食べ物を持って来たから、開けてくんな。それでことが足りるはずだった。

仕舞屋に着いた。戸口は閉められていた。半三は、そっと叩《たた》いてみたが、応答はなかった。庭に回った。

家のぐるりに、戸板が立て回されていた。

（入りやすぜ）

半三が懐《ふところ》から匕首《あいくち》を取り出し、こじ開ける真似《まね》をした。

玄七郎が、やるように促した。

飛び出して来れば、その瞬間に斬《き》り、中で震えていれば、踏み込んで斬る。刹《せつ》那《な》の動きが出来るように膝《ひざ》を軽く曲げた。

戸板が外された。半三が、家の中に声をかけた。静まり返ったままだった。玄七郎が飛び込んだ。すべての襖《ふすま》が開け放たれていた。人がいる気配も、いた気配もなかった。

「ここへは」と上がり込んだ半三が、見回りながら言った。「来なかったんですかね？」

「そのようだな」

半三が、天井裏を指さした。

「どう思われやす？」

誰かが聞き耳を立てているような気配は感じられなかった。

「おらぬな」

「分かりやした」

半三は匕首の切《き》っ先《さき》を畳の縁に差し込むと、ぐいと手首を捻《ひね》った。畳が浮いた。匕首をこじ入れている。一畳分の畳が上がった。床板を外した。

床下の湿った土のにおいが、吹き上がって来た。半三が床下を覗《のぞ》き込んだ。

「おったか」

「いいえ」

「そうであろう。ここには、おらぬ」

半三は乱暴に畳を戻すと、外に出た。玄七郎も続いた。

「こうなりゃ、探し出すまでですが、まだ、お付き合い願えますでしょうか」

「構《かま》わぬ」

「ありがとうござんす」

半三が、安堵《あんど》したのか、息を吐いてから言った。

「野郎のことです。博打《ばくち》場に行っているかも知れやせん。そこにいなければ、もう一か所心当たりがなくもありやせんが、取り敢《あ》えず、博打場を覗いてみやしょう」

半三は、庭の隅に青菜を捨てると、風呂敷を玄七郎に手渡した。

「何かの時は、被《かぶ》って下さい。少しは役に立つでしょう」

「分かった」

玄七郎が風呂敷を懐に仕舞った。

一方、《い組》の小頭・貴三郎から文吉の長屋を聞き出した加曾利孫四郎は、新材木町にある杉ノ森稲荷《すぎのもりいなり》に程近い《八兵衛店》を調べ終えたところだった。

どこに隠れているのか、手掛《てが》かりとなるようなものは何もなかったが、相長屋の店子《たなこ》から博打場に出入りしていたことが分かった。

博打場と言っても、香具師《やし》の元締《もとじめ》が開いている盆茣蓙《ぼんござ》もあれば、大名家の下屋敷で開かれている盆茣蓙もあった。香具師の場合は踏み込めたが、大名家の下屋敷は支配違いで、おいそれと町方《まちかた》は入れなかった。

加曾利と留松らは、香具師の博打場から探した。文吉を知らぬ者は殆《ほとん》どいなかった。

「町火消ってのは、そんなに実入りがいいんですかい。よく金が続きやしたね」

福次郎が羨《うらや》ましそうな声を上げた。

町火消には、大店《おおだな》などから、可成《かなり》の付届《つけとどけ》があった。だが、町火消だからと言って、誰もが付届で潤う訳ではない。頭取《とうどり》、頭《かしら》、小頭、纏持《まといもち》、梯子持《はしごもち》、平人足という序列があり、上にいく程金回りがよかった。

文吉は、平人足だった。付届で懐が潤う立場ではなかった。

「どこから金が出ていたんだ？」

疑念は晴れなかったが、よく出入りしていた博打場が割れた。美濃《みの》国戸田《とだ》家の下屋敷の中間《ちゅうげん》部屋だった。戸田家の下屋敷は、大川に架《か》かる新大橋《しんおおはし》の西詰にあった。

「ありがてえ。占子《しめこ》の兎《うさぎ》ですぜ」

留松が霊岸島浜町の商家や料亭に挨拶《あいさつ》に出向いた時、

「何かの時のために」

と、下屋敷の博打場にも顔を出しておいたのだった。

博打場を仕切っている茂助《もすけ》とは、それ以来、時折酒を飲む仲になっていた。

「聞いて来ますんで、ここで待っていておくんなさい」

留松は、尻《しり》っ端《ぱし》折《よ》っていた着物の裾《すそ》を下ろすと、加會利と福次郎を戸田家下屋敷の門の脇に残し、潜《くぐ》り戸から入って行った。

留松が戻って来たのは、四半刻《しはんとき》後だった。

「誰か、文吉を探している者がおりやす。どうもこちらとは別口のようでして、それが誰かは分かりやせんが、先に見付かると妙なことになりそうだ、と茂助が申しておりやした」

「妙なこととは、殺されるということか」

「恐らくは」

「で、文吉がどこに隠れているのか、分かったのか」

「教えてもらいやした。そいつらには、別のところを教えておいたそうです」

「どこなんでえ、文吉の居所は？」

「溜池《ためいけ》の南、神谷町《かみやちょう》でございやす」

「どうして、そんなところにいるんだ？」

以前、奴らが出入りしていた博打場が神谷町近くの下屋敷にあったんだそうです、と留松が、聞いて来たことを話した。文吉がしけこんでいるとすれば、その時の仲間のひとりが住んでいる長屋に違いねえ。茂助が太鼓判を捺《お》してくれやした。

「よし、そこに賭けよう」

走り出した留松は、

「念のために」

と、加曾利の許しを得て、自身番《じしんばん》に立ち寄った。加曾利孫四郎と留松、福次郎の三人は、文吉が隠れていると目《もく》される神谷町の《甚六長屋《じんろくながや》》に向かっている、と奉行所に伝えてもらうためだった。

妙立寺の小僧が、山門を閉めようとしていた。

「手伝おうか」

新六が言った。

「駄目です。これも修行ですので」

「済まねえな、邪魔して」

「申し訳ありません。どうしても、思い出せなくて」

「いいってことよ。気にするねえ」

新六は片手を挙げて、帰って行った。

小僧は己の頭をこつこつと叩きながら、門を閉め、庫裡《くり》へと戻った。

煮炊きをするよいにおいがした。見ると、竈《かまど》の火が赤々と燃えていた。

薪《まき》の火が弾《はじ》けて飛んだ。

あっ、と思った。浪人を寺に担《かつ》ぎ込んだ男の顔と、火の粉が重なった。《い組》の火消だ。

法要の帰途だったが、火事場に差しかかった時、平人足の火消が怒鳴《どな》られ、殴《なぐ》られているところを見たことがあった。

（あの時の火消だ……）

名は文五郎ではなく……文吉。そうだ、文吉と呼ばれていた。

小僧の頰《ほお》が笑み割れた。

小僧は寺を飛び出すと、新六が歩き去った方に向かって駆け出した。

二

五月十三日。七ツ半（午後五時）過ぎ。例繰方同心《れいくりかたどうしん》の宮脇信左衛門が、臨時廻りの詰所に姿を現わした。ノスリの市兵衛殺しの件で、前にも似た殺しがあったので調べておくようにと言ったのは、まだ昨日のことである。嫌《いや》みで訊いた。

「何か分かったのか」

軍兵衛の問いに、信左衛門が頷《うなず》いて見せた。

「本当か」

「嘘など言いません」

分かっている。そういう男だ。膝を正した。

「聞こうか」

「ちと外聞を憚《はばか》るのですが」

「そうか……」

例繰方が管理する書庫に場を移した。書庫には、滅多《めった》に人は来ない。しかも、調べの刻限は過ぎている。

信左衛門は、手燭《てしょく》を台の上に置くと、四つに折り畳んでいた『江戸大絵図』を広げた。赤い小さな紙片と青い小さな紙片が、ところどころに貼《は》られていた。

「赤は、《黒太刀》の仕業《しわざ》と見做《みな》されている一件で、殺された者の住まいがあったところです」

「青は?」

「針《はり》のような得物で刺し殺された者の住まいがあったところです。何か気付かれたことは?」

「よくは分からねえが、貼られている場所が偏《かたよ》っているな」

「いいですね。どの辺《あた》りに多いか、口に出して言ってみて下さい」

何を生意気な。軍兵衛は、ふと頭に血がのぼりそうになったが、考える力は信左衛門には遠く及ばない。凝《じ》っと堪《こら》えて、言われたまま、紙片の貼られた土地《ところ》を口にした。

「浅草橋に筋違橋、神田橋に呉服橋、そして江戸橋に囲まれたところに多いな。他にもあるが」

「不忍池で殺された、ノスリの市兵衛のような例外はありますが、殆どの者が、今鷲津さんの言われた土地に住んでおりました」信左衛門は、空咳《からせき》をひとつすると続けた。「《黒太刀》と仮に《青紙》と言っておきましょうか、このふたつの殺しの全容が分かれば、殺しの頼み人の住まいが判明するでしょうが、恐らく赤の紙も青の紙も、鷲津さんの言われた土地のうちに集まるはずです」

「頼み人の住まいが、か」

「そうです。《黒太刀》と《青紙》は仲間だからです」

「どうして、そこまで言える?」

「殺しのあった年を調べてみた結果、面白いことが分かったのです。《黒太刀》と思われる殺しがあったのが、五年前、四年前、二年前、そして今年。針、つまり《青紙》が、六年前、五年前、三年前、昨年、そして今年と出ました。五年前と今年が重なりますが、後は殺しが交互に割り振られています。このことから、この一味は、《青紙》を殺しの請け人として六年前から殺しを請け負うようになり、五年前からは《黒太刀》を仲間に加えたのではないかと推測してみました。勿論《もちろん》、それ以前にも違う殺しの請け人を仕立てて、殺しを行なっていたかも知れませんが」

「よし、仮に《黒太刀》と《青紙》が仲間だとしよう。そのふたりを操っているのが、誰かいるはずだが？」

「この土地に詳しい者でしょうね」

「続けてくれ」

「この土地に住み、理不尽な扱いを受けている者の頼みを聞き、その者に成り代わって、金で殺しを引き受けられる者。それが殺しの《元締》ですね」

「例えば？」

「配下の者が数多くいて、そこから様々な話が伝わって来るというような立場の者でしょうな」

その条件に嵌《は》まる者はひとりしかいない。

「誰のことを言いたいんだ？」

「今、加曾利さんが《い組》の平人足を追い掛けているそうですが」

「耳が早いな」

「ここに一日中いると、いろんな話が耳に入って来るのです。《い組》の入っている《一番組》の受け持ちがどこだか、ご存じですか」

軍兵衛が『大絵図』の前で腕組みをしていると、信左衛門の指が浅草橋、筋違橋、神田橋、呉服橋、江戸橋と移って行った。

「この中です」

赤い紙片と青い紙片の殆どが、その中にあった。

「《一番組》には二千二百名の町火消がいます。いわば、二千二百人分の目と耳が、この界隈《かいわい》に放たれているのです。受持区域内《なわばりうち》のことは、町方より詳しいかも知れませんね」

(町火消……)

浪人・永井相司郎を寺に担ぎ込んだ者が分かりやした。息を弾《はず》ませ、転がるようにして奉行所に駆け込んで来た新六が帰って、まだ間もなかった。

町火消《い組》の者だそうです。名は文吉。文五郎って名が房五郎に似ているな、とは思っていたんですが、頭の名をもじって咄嗟《とっさ》に文五郎と名乗ったんでやすね。

その文吉が、殺しの頼み人と《元締》とを結び付けていたとなると、話は繋《つな》がる。

「信左衛門、何を言っているのか分かっているのか」

「私は、鷲津さんに言われたことを、推量を交《まじ》えて組み立てただけです」

「そうだが、どえらいことを言っているのだぞ」

「そうでしょうか。そういうことには、興味はありませんが」

「もうひとつ聞きたい。では、どうして文吉が、加曾利が追い掛けている平人足の名だが、女を殺したんだ？　裏のことを知られたからか」

「そんなことはないでしょう。まだ詳しい話は聞いていませんが、お夏というのは評判の器量好しです。痴情の縺《もつ》れというところかも知れませんね」

「なぜ、お夏がそうだと知っているんだ？」

「見に行ったことがあります。あれは、私の好みでした」

軍兵衛が、嘆息《たんそく》して言った。

「俺は時々お前が分からなくなる」

「時々ならいいですよ、私はしょっちゅう鷲津さんが分からなくなりますからね」

「ついて来い」

「どこへです？」

「島村様のところだ。話さねばならん」

「私ならいいですよ。後のことは鷲津さんに任せますから」

「これは手前《てめえ》の手柄だぞ」

「そんなものには」

「興味がないんだな」

「よくお分かりで、助かります」

「借りるぜ」

軍兵衛は『大絵図』を畳んで懐に仕舞うと、年番方《ねんばんかた》与力《よりき》の詰所に向かった。

島村恭介が真剣な顔をして、奉行への答申をしたためていた。

「今は駄目だ。後にせい」

軍兵衛は構わずに膝を送り、耳許《みみもと》で囁《ささや》いた。

「殺しの《元締》が分かりました」

「何？」

島村の顔が弾けた。

「よくお聞き下さい。町火消《一番組》の頭取でございます」

島村が薄ぼんやりと口を開けたまま軍兵衛を見た。

「いかがなされました？」

島村の反応にすっかり満足し、もう一度言おうとした。

「町火消の……」

「言うな。それ以上、言うな。外に出るぞ」

島村より先に軍兵衛が立ち上がった。


常盤橋御門を通って南に折れ、北鞘町の裏路地に入ると、間口二間ばかりの仕舞屋が並んでいる。

島村は、そのうちの一軒の引き戸を開けると、案内も乞《こ》わずに入り込んだ。行灯《あんどん》の鈍《にぶ》い明かりの中に人がいた。女だった。

「上がるぞ」

島村が、二階に目を走らせてから言った。

「何か持って行きましょうか」

女が訊いた。酒に掠《かす》れた声だった。

「いらねえ。こんな奴、水を飲ませとけば上等だ」

「では、水を沸かしたのに、茶っ葉を入れて持って行きますから」

二階に上がると島村は、

「座れ」

と命じておいてから、障子窓《しょうじ》を開け、路地を見回し、また閉めた。いつもの癖だった。

「お前は何を言っているのか、分かっているのか」

「それと同じことを言いました」

「誰にだ？」

「宮脇信左衛門です。あの男が絵解きをしたのです」

「では間違いないな」

島村が頭を抱えようとした時、女が茶を運んで来た。

「いつも楽しそうですね」

島村が、へっ、と呟《つぶや》いて横を向いた。女は茶を置くと、笑みを浮かべながら階段を下りて行った。足音が消えるのを待って島村が、話せ、と言った。

「儂《わし》に分かるように、順を追ってな」

軍兵衛は『江戸大絵図』を広げ、赤い紙片と青い紙片の説明をすることから始めた。

この紙片を貼った土地の殆どが、《一番組》の受持区域《なわばり》であること。

そして、殺しのあった年を調べてみると、ふたりの仕業と見られる殺しが交互に行なわれていること。

また、浪人・永井相司郎と《い組》文吉に繋がりがあったことを列挙した。

永井相司郎は、死ぬ二か月程前、四、五日間どこかに姿をくらましていたことがあった。その間に、殺しの依頼をしたのではないかと思われていたのだが、血を吐いて、湯島聖堂近くの妙立寺の門前で行き倒れになり、寺で介抱されていた。その時、寺に担ぎ込み、見舞った男がいた。《い組》の文吉だった。死の間際、永井相司郎が言葉を交わした者は、寺の坊主と医師と文吉だけであり、何度も訪ねて来たのは文吉だけだとすると、余命幾許《いくばく》も無い相司郎が、恨《うら》みの丈《たけ》を文吉に語ったと考えるのが道理ではないか。

「その文吉が、殺しの頼み人と《元締》を繋いだって訳か」島村が言った。

「ところが、そいつが、女を殺してしまった」

「裏の稼業《かぎょう》を知られたからであろうな」

「宮脇信左は違うのではないか、と。私も、裏のことを知られ、口封じのために殺すのならば、別の殺し方があろうかと思います」

「では、単なる殺しか」

「恐らくは」

　そうか。島村は頷くと、瞬間言い辛《づら》そうに目を伏せてから言った。

「町火消人足改《まちびけしにんそくあらため》の与力と同心らが来て、雷神の房五郎に日付を違《たが》えた破門状を書かせることで、奉行所と己らの責を回避したいと相談されてな、つい受けてしまったのだが」

「それでよかったと思います」

「そうかな……」

「上手く逃れられればよし。万一、そのことが問われた時は、殺しの《元締》としての房五郎に、まったく気付いておらぬと思わせるため、敢《あ》えてしたことと言えばよろしかろうかと存じます」

「悪い奴ってのは、不思議よの。誤魔化すとなると、直《す》ぐに頭が働く」

　二の句が継げないでいる軍兵衛を、島村が急《せ》かした。

「早《はよ》う続きを申せ」

「今のところは、ここまでです」

「何だ、まだ確たる証《あかし》がないではないか」

「それを、これから詰めていくのです」

「しかし、ほぼ間違いはなさそうだな」

「さっ、そこで、でございます」

「何が、そこで、だ。これは大変なことだぞ」

江戸の町火消の《元締》は町奉行だ。火消に出た時の差配は、町火消人足改の与力と同心が行なう。人足の動向を知っているのも、町方の仕事だ。なのに、その頭が殺しを請け負う《元締》であったとしたら、どうなると思う。

南北の御奉行のみならず、与力、同心まで、不行届きとして処罰されることになろう。あんな御奉行どもはどうでもよいが、丹念な仕事をして来た同心らが可《か》哀相《わいそう》ではないか。十分注意して詰めろ。間違っても人に漏《も》らすな。

「他に知っているのは」

宮脇信左衛門だけだった。

「彼奴《あやつ》なら話さぬな」

「話すつもりもないから、この場にも来ぬのです」

それにしても、と島村が、軍兵衛を見た。この前の時は、前《さき》の長崎《ながさき》奉行の倅《せがれ》で、此度《こたび》は町火消の頭、それも頭取か。其《そ》の方に任せておくと、奉行所は傾《かたむ》くな。

答えようがない。聞こえぬ振りをした。

「取り敢えずは、文吉の捕縛《ほばく》と房五郎の見張りをするつもりでおりますが」

「それでよいであろう」島村が、思い出したように訊いた。「加曾利は、どうした？」

「文吉を探しているようなのですが、まだ知らせがないので」

「明日からは、共に動け。だが、話すのは、加曾利止まりだぞ」

「心得ております」


奉行所に戻った軍兵衛は、控所の千吉と佐平を呼んだ。

「加曾利と留松を見かけなかったか」

「今日は、まったく」

「市中を飛び回っていることは知っているのだが、どこにいるのかが分からねえんだ」

「探してみましょうか」

「済まねえが、近間《ちかま》だけでいい、自身番を当たってくれ」

「見付けたら、何かお伝えすることは？」

「加曾利には今晩組屋敷に、留松には明朝《みようちよう》奉行所に来るように、と頼む。お前と佐平にも、明日からやってもらうことがある。耳を貸せ」

背を丸め、耳を寄せて来た千吉に小声で言った。

「《い組》の頭を調べろ。囲っている女はいるのか。どこに出掛けるか、すべてだ」

「お引き受けいたしやした」

その頃、留松から奉行所への言付《ことづ》けを頼まれた自身番の店番《たなばん》は、大八車に乗せられて医師の許へと運ばれていた。

倒れて来た材木の下敷きになってしまっていたのである。

三

六ツ半（午後七時）。組屋敷に戻った軍兵衛が、竹之介を誘った。

「これから道場に行くが、どうだ、一緒に来ぬか」

道場は、組屋敷の中程にあった。剣術の他、捕縛術や体術の稽古《けいこ》に使われていた。町の道場と違うのは、師範による稽古があるのではなく、各自が申し合わせて稽古を行なうことであった。竹之介は夕餉《ゆうげ》を摂《と》ってから一刻以上経《た》っていた。

「お供いたします」

「何か召し上がらなくてもよろしいのですか」

栄が軍兵衛に訊いた。

「戻ったら茶漬けでももらおうか」

「畏《かしこま》りました。竹之介、お父上に腕前を見ていただきなさい」

「はい」

竹之介が稽古着に着替えた。

軍兵衛は、着流しに両刀を差して、玄関を出た。

木戸門を開ける。路地が真っ直ぐ続いている。右も左も、北町奉行所に勤める者の組屋敷だった。路地を抜け、ひとつ通りを隔《へだ》てると、南町奉行所に勤める者の組屋敷が並んでいる。

軍兵衛と竹之介は、北町の者が通う道場に向かった。

途中に、加曾利孫四郎の組屋敷があった。静かだった。帰宅していれば、通りまで孫四郎の気配が漂って来るのだが、ひっそりとしていた。軍兵衛は玄関の仄《ほの》明《あ》かりを見ながら通り過ぎた。

「父上」

竹之介が、ひどく緊張した声で言った。口が尖《とが》っている。

「何だ?」

「父上は、一度に沢山の相手と立ち合ったことがございますか」

栄の言っていた、前田家下屋敷の子弟のことだと分かったが、知らぬ振りをした。

「あったぞ。五、六人はいたかな」

「勝ちましたか」

「負けた時もあったが、こつを覚えてからは勝っているのではないかな」

「こつが、あるのですか」

「あるさ。余り道場ではやらぬだろうが、知っておいてもいいだろう。稽古するか」

「是非」

「よし、稽古の眼目《がんもく》は決まったな。序《つい》でに、俺もやっておこう。いつ何時《なんどき》必要になるか分からぬからな」

道場には、五人の者が来て、稽古をしていた。中に町火消人足改の野田耿之介もいた。

「鷲津さん、お願いいたします」

若い者が声を掛けて来たが、今日は駄目だと言った。息子と稽古する約束なのだ。

「逆に手伝ってほしいくらいだ」

「お手伝いならいたしますよ」

何人かが、気軽に言った。

「では、後で頼む。今日は、多勢と戦う時の方法を学ぶ日なんだ」

まずは基本だ。素振《すぶ》りを百本続けろ。軍兵衛は、二十本ばかり一緒に振ってから竹之介の脇を離れ、野田の側《そば》に寄った。

全身から汗が噴き出している。組屋敷に着くと直ぐに道場に出、素振りをくれていたのだろう。

「やるか」

軍兵衛が竹刀《しない》を僅《わず》かに持ち上げた。

「お願い出来ますか」

「特別だ」

素振りを終えた竹之介に、よく見ているよう言った。若い者は隅に寄り、腰を下ろした。

野田耿之介と向かい合って構えた。

切っ先が触れた。と同時に、軍兵衛の竹刀が、野田の竹刀の峰《みね》を滑り、小手に飛んだ。野田の手から竹刀が落ちた。

「もう一本」

野田は竹刀を拾《ひろ》うと、正眼《せいがん》に構えたまま右に足を送った。

「来い」

野田が斬り込んで来た。三合打ち合わせ、飛び退《の》きざまに、野田が小手を狙《ねら》って来た。難無く躱《かわ》した軍兵衛は、野田が下がった分、大きく踏み込んで間合を詰め、胴を薙《な》いだ。

「参りました」

野田が言った。

「見たか、竹之介。相手が下がったら詰める。相手が詰めて来たら、下がる。己の間合を保つことが大切なのだ。忘れるな」

「はい」

竹之介の透《す》き通った声が道場に響いた。

「よし、遅くなってもいかん。竹之介、参れ」

竹之介が竹刀を持って、正眼に構えた。軍兵衛も正眼に構えた。

竹之介が、気合とともに打ち込んで来た。一本、二本、三本。止《や》めるな。四本、五本、六本、七本。まだまだ。八本、九本、十本。よし、止めろ。

「竹刀を持つ時は、両手で雑巾《ぞうきん》を絞るような具合にな」

軍兵衛が手つきを示した。

「はい」

よし、打ち込んで来い。一本、二本……。いいぞ、力が籠《こ》もっているぞ。

「では、今日の眼目だ。取り囲まれた時、どうするか」

軍兵衛は、野田と若い者を呼び集めると、ぐるりと囲むように言った。

「竹之介、どうしたらよいと思う？」

「戦います」

野田らが、賛辞の声を上げた。

「そうか、戦うのはよいが、誰から斬る？」

「分かりません」

一度やる。見ておれ。軍兵衛が、斬りかかって来るように命じた。

皆の手が一斉に動き、間合が消えた。その時には、軍兵衛は左脇にいた男の足許に転がり、斬り上げていた。次いで、両隣の小手と胴を打ち据え、一転して右にいた者の竹刀を弾き飛ばした。

竹之介が目と口を丸くした。

「出来るか」

「出来ません」

竹之介が答えた。

「それでよい。今は、出来る範囲で相手と戦えばよいのだ」

囲まれた時と機先を制する必要がある時の心得。第一に、数は問題ではないと知れ。軍兵衛が言った。殆どの場合は、頭目がいて、後は金魚の糞《ふん》だ。くっついて動いているだけの者どもだ。頭目を倒せば、総崩れになる。頭目は、大概《たいがい》正面にいる。まず、背後の敵を打つ。前に行くと見せて、背後だ。素早く動かねばならぬぞ。

「やってみよう」

木刀に替え、背後を叩き、前の敵に打ちかかる稽古を始めた。

「素早さが命だ。ゆっくりやってると、後ろの敵を倒している間に、前の者に斬られてしまうぞ」

竹之介が背後から前に木刀を振り抜いた。

「一日百回やってみろ。急場は凌《しの》げるぞ」

「はい」


竹之介が道場の床に汗を滴《したた》らせているのと同時刻、加曾利は留松と福次郎を供に、神谷町の《甚六長屋》の木戸脇に隠れ、中間の茂助に教えられた借店を見張っていた。

手前から三軒目にある真っ暗な借店の中で、何かが動く気配がした。

「野郎、帰って来てますぜ」

留松が袖《そで》をたくし上げた。

「裏に回れ」

留松が、そっと足音を忍ばせて、闇《やみ》に消えた。

「行くぞ」

福次郎に言い、路地を走り、腰高障子を開けた。血がにおった。

(殺《や》られているのは、誰だ？　文吉か)

物陰から黒い影が躍《おど》り出た。白刃が僅かな明かりに光った。加曾利が、太刀を抜き、構えた。裏から入り込んだ留松が、影に夜具を投げ付け、払い退けようと体《たい》を開いたところを狙って、組み付こうとした。だが、影の動きは速かった。構えを崩すことなく、三尺（約九十一センチメートル）程体を移すと、留松の太股《ふともも》を斬り裂いた。

「動くな。少しの辛抱だ」

加曾利は留松に叫ぶと、影と対峙《たいじ》した。雲が切れ、月が射《さ》した。影は風呂敷で顔を包んでいた。影が、足指をにじった。太刀《たち》が横に寝た。奇妙な構えだった。これまでに見たこともなかった。太刀の柄《つか》が見えた。黒い。腰の鞘《さや》を見た。黒い。黒拵《ごしら》えの太刀だった。

「手前《てめえ》が《黒太刀》か」

そう言われても分からねえかも知れないが、手前が殺しを重ねていること、お調べはついているんだよ。黒拵えの刀《かたな》を持った殺しの請け人、《黒太刀》としてな。

「福次郎」加曾利が叫んだ。留松の傷口を縛《しば》ってやれ。

へい。声が低いところから発せられた。尻餅《しりもち》をついているらしい。

「俺は平気だ。何でもいい、手に触るものを、投げ付けろ」

「へい」手で辺りを探っているのか、がさがさと音がした。

《黒太刀》の足がふっ、と前に出た。加曾利の足が引いた。

加曾利の太刀を巻くように走った。加曾利の腕から血が噴き上がった。《黒太刀》の刃が、
留松の呼子が鳴った。影が地を蹴《け》った。福次郎の呼子が、泣くような音を夜空に響かせた。足音がした。千吉と佐平だった。

「追え」

千吉が命じた。佐平が直《ただ》ちに後を追った。黒い影の後ろ姿が、半町先に見えた。駆けている。追い付けぬ走りではない。追った。

影に気を取られ、気付くのが遅れた。路地の陰から男が飛び出して来た。男の肘《ひじ》が佐平の脇腹を掬《すく》い上げた。佐平の身体は宙を舞ってから、地面に叩き付けられた。男は、辺りを見回し、追っ手の有無を探ると、倒れている佐平の脇を擦り抜け、闇の中に走り去って行った。

# 第五章　下《した》っ引《ぴき》・福次郎《ふくじろう》

一

五月十四日。

夜のうちに奉行所に運ばれて来た《い組》の平人足・文吉の亡骸が、島村恭介ら主立《おもだ》った者の立ち会いの許《もと》、検分された。

肩が裂けていた。鎖骨は断《た》ち斬《き》られ、刃は胸の中程まで達している。

「《黒太刀》に相違《そうい》ないな？」

島村が軍兵衛に訊《き》いた。

「間違いございません」

「寒気のする斬り口というものを、初めて見た」

内与力《うちよりき》の三枝幹之進《さいぐさみきのしん》だった。内与力は、町奉行職に就《つ》いた大身《たいしん》旗本が家臣の中から選んだ私設の秘書で、用人《ようにん》のような役割をした。私設の秘書であるから、他の与力らが、町奉行が代わろうと与力の座にあるのに対して、主《あるじ》が奉行職を辞すると、自《みずか》らも与力職を降り、元の家臣に戻ることになる。

「聞きしに勝る腕前だの」

三枝は石畳に下りると、傷口に目を凝《こ》らした。

「話によると、この男は仲間だったとか」

「左様でございます」

島村始め、与力連がいるので、軍兵衛は丁寧な物言いをした。

「情け容赦《ようしゃ》も無い男のようだな」

「それが、分からなくなりました」

「どういうことだ？　仲間を一撃で葬っているのだ。信義に篤《あつ》い者とは、到底《とうてい》言えぬのではないか」

「この者が斬られた時、私の朋輩《ほうばい》と手の者がひとり、斬られております」

「らしいの」

「朋輩は腕を、手の者は股《もも》を斬られているのでございますが、ともに手当をすれば治る傷《きず》でございました。《黒太刀》は殺すべき者と、殺す必要のない者とを分けて斬っております」

「とは申しても、この男を斬ったは、口封じのためであろう？　つまりは、己《おのれ》の身を守るため。悪党の胸のうちなど、忖度《そんたく》するに及ばぬわ」

「そうかも知れませぬが、女のことでしくじった仲間を許せなかったからではないでしょうか」

「同じことだ。殺したことに変わらん」

「しかし、殺しを働く心の有り様が違います。そこをつまびらかにすることが、《黒太刀》捕縛《ほばく》に繋《つな》がる第一歩かと心得ますが」

「…………」

三枝は鼻の脇に深い皺《しわ》を刻《きざ》むと、くるりと向きを変え、町奉行の役屋敷に続く廊下を、足音高く歩み去って行った。

「軍兵衛、三枝殿はいずれ去る御方だ。向きになるではない」

島村が、揉上《もみあ》げを掻《か》きながら言った。

「それで、本当のところは、どう思うておるのだ？」

「《元締》に斬るように言われたから、斬っただけでしょう。加曾利らは斬るように言われていなかったから、斬らなかっただけです」

「仲間を許せなかったというのは？」

「《黒太刀》は鍛《きた》え上げた腕の持ち主です。奴のような者は、他人の、それも火消の色恋沙汰《ざた》などには興味を持たぬはずです」

「軍兵衛」と島村が言った。「やはり、そなたは可愛《かわい》くない男だの」

「島村様は、どうお思いなのですか」

「言いたくない」

「お聞きしたいのですが」軍兵衛は食い下がった。

島村が答えた。

「そなたと同じだ」


眠れぬ一夜を過ごした留松の子分・福次郎は、起き出すや永代橋《えいたいばし》を北に臨んだ大川端町《おおかわばたちょう》の煮売り酒屋で、ちびちびと酒を飲んでいた。

「小言《こごと》は聞かねえぜ」

と吐き捨てるように言っては、炙《あぶ》った魚を箸先《はしさき》で突《つつ》いている。

「まだお天道様《てんとさま》は真上にも来ちゃいねえんだ。いい加減に止《や》めたらどうだい？」

煮売り酒屋の親父《おやじ》に、そう言われたのは、二合入りの銚釐《ちろり》を二本飲み干し、三本目を頼んだ時だった。

「うるせえやい。ようやく俺にも運って奴が向いて来たと思ったら、親分の奴、斬られちまったんだよ」

腰高障子が開き、鷲津軍兵衛が店の中を見回した。福次郎の姿は直《す》ぐに目に留まった。

親父が奥から出て来ようとするのを手で制し、軍兵衛は戸口に立った。

「親分は当分動けねえしよ、俺ひとりじゃ何も出来ねえ。ついてねえよ、本当についてねえ」

項垂《うなだ》れた福次郎が首を振り上げて、親父に訊いた。

聞いているのかよ、人の話をよ。何でえ、面白かねえや、酒なんかいらねえ、こんなしけた店にいられるかい。

盆《ぼん》を蹴《け》るようにして腰を上げた福次郎が、戸口を見て、棒立ちになった。

「ご機嫌じゃねえか」

「旦那《だんな》、いつから、そこに？」

福次郎が、親父の方を盗み見た。

「ついて来い」

軍兵衛の後から、福次郎が煮売り酒屋を出ようとした。

「払ったのか」

「今度、纏《まと》めて払うからな」親父に言った。

「今、払え」

福次郎は巾着《きんちやく》を持っていなかった。

「手前《てめえ》、たかる気だったな」

「そんなことはありやせん。本当に忘れたんです」

「幾らになる？」

軍兵衛は親父に言われた額に色を付けて支払うと、福次郎と外に出た。

「こっちだ」

出たところで脇道に押し込み、殴《なぐ》り付けた。福次郎が吹っ飛んで、尻《しり》から落ちた。

「手前、料簡《りようけん》違いをするな。たかるために子分になったのなら、強請《ゆすり》たかりで小伝馬町に放《ほう》り込んでやるぞ」

「許して下せえ」福次郎が裾《すそ》を合わせ、膝《ひざ》を突いた。「二度といたしやせん」

「分かりゃいいんだ。実際、俺もたかることはある。しかし、小商いの者や弱い者にたかっちゃならねえんだ。分かったな」

福次郎が洟《はな》を啜《すす》り上げた。

「留松の見舞いには行ったのか」

「そりゃあ、行きやした。でもね、旦那、こんなことは、とても親分には言えなかったんでやすが」

「言ってみな」

「俺はあん時、怖かったんす。斬られると思ったんす。投げろ。何でもいい、投げろ。親分に言われたんだけど、手が震えちまって摑《つか》めなかったんす。そのために、加曾利の旦那も斬られちまって。旦那、勘弁してやって下せえ。情けねえ野郎とお思いでしょうが、許してやって下せえ」

福次郎が子供のようにしゃくり上げた。

「分かった」軍兵衛は、首筋をこりこりと搔くと、福次郎の二の腕を取って立ち上がらせながら言った。「それだけ正直に話せりゃ立ち直れる。手前にも、明日は来る。俺が請け合ってやる」

「本当でやすか」

「請け合うと言っただろうが、疑い深い野郎だな」

へっへっへっ、と福次郎が笑った。

「笑えるのなら、ついて来い」

「また殴られるんでやすか」

「黙って後ろから来ればいいんだ。留松には言ってある」

「千吉親分たちは……？」

「皆、用があって出払っている。新六まで使いに出しちまったので、今朝は酒飲んでくだ巻いている手前しかいねえんだよ」

福次郎が頷《うなず》いた。

「返事をしろ」

「へいっ」

それから半刻《はんとき》以上経《た》っているが、軍兵衛はまだ、西に向かって歩いている。福次郎は、どこまで行こうとしているのか訊きたかったが、我慢して黙って歩いた。

喰違御門《くいちがいごもん》を通り、紀州《きしゅう》徳川家の上屋敷に沿って西に回る。鮫ケ橋坂《さめがはしざか》の途中で更《さら》に西に折れ、元鮫河橋《もとさめがはし》表町《おもてまち》の通りに入る。もう暫《しばら》く行くと、道が大きく右に曲がり、石積の塀が見える。そこが、腰物《こしもの》奉行配下の腰物方・妹尾周次郎景政《せのおしゅうじろうかげまさ》の屋敷であった。

腰物方は、将軍の佩刀《はいとう》など刀剣の管理をする御役目である。妹尾家の家禄《かろく》は二百六十石。周次郎がまだ家督《かとく》を継ぐずっと以前、前髪を垂らしていた頃からの付き合いであった。

酒が抜けていない福次郎を門の外に残し、軍兵衛は長屋門を潜《くぐ》った。

「八丁堀の旦那じゃございせんか」

庭の植え込みから、中間《ちゅうげん》の源三《げんぞう》がひょっこりと顔を出した。源三には『風刃の舞』の一件の時、手の者を大名家下屋敷の博打場《ばくち》に潜《もぐ》り込ませてもらったことがあった。

「元気そうだな」

「旦那も」

「相変わらず博打を打っているのか」

「近頃は身を慎《つつし》んでおりますもので」

「そいつは結構だな。ところで、何だ、あの、肴《さかな》が不味《まず》いという煮売り酒屋……」

「《木菟入《ずくにゅう》酒屋》で、ございやすか」

「そうだ。あそこには行ってるのかい」

木菟入は、僧侶や坊主を罵《ののし》って言う言葉だが、店を開いた頃の客筋が寺に出入りの者であったため、そのように呼ばれていた。

「親父が卒中で倒れやして、義理の息子の代になったんでやすが、素人《しろうと》の癖に肴が美味《うま》いんでやすよ。あそこは不味いからよかったんで、美味くちゃつまんなくてね。今は中間部屋でちびちびとやってます」

「そいつは気の毒だな」

軍兵衛は、懐中から一朱金を一枚取り出して、源三の掌《てのひら》に握《にぎ》らせた。

「つまらなくともよ、時には顔を出して卒中の親父を喜ばせてやんな」

源三が手を額《ひたい》のところまで持ち上げて、礼を言った。

「済《す》まねえが、誰か人を呼んで来てくれねえか」

間《ま》もなくして顔馴染《かおなじみ》の家人《けにん》が、玄関に現われた。

「会う暇があるか、訊いてみてくれ」

「訊いて参りました」

「手回しがいいな。それで？」

「お待ちでございます」

軍兵衛は式台に上がると、刀を腰から抜き取り、家人に預けた。家人は袱紗《ふくさ》で包むように受け、先に立った。周次郎が座敷で待ち受けていた。

「随分と顔を見せなかったが、変わっておらんの」

「変わっている暇がねえんだ。悪い奴が多くてな」

家人が、軍兵衛の背後に刀を置いて、座敷を離れた。入れ替わりに茶が来た。侍女が去るのを待って、周次郎が言った。

「今日は、何の用だ？　暇潰《つぶ》しか、源三か、それとも剣のことか」

「剣だ」

「また、誰ぞと立ち合うのか」

「そうなるかも知れぬが、まだ分からん」

「強いのか」

「凄《すご》い」

「凄いのなら、大抵《たいてい》の剣客は存じておるぞ」

「だから来たんだ。其奴《そやつ》がどこの誰で、何流を遣うのかも分からん。だが、其奴が残した斬り口は見ている」

肩から胸にかけての斬り口を話した。

「それだけでは分からんな」

「まだ先がある」

軍兵衛は、背後の太刀《たち》を手に取ると、構《かま》えを見せたいのだが、抜いてもよいか、と一応尋ねた。

「好きにしろ」

「済まん」

これが、朋輩が腕を斬られた時に、見た構えだ。軍兵衛は、正眼《せいがん》に構えた太刀を横に寝かせ、加曾利が見た《黒太刀》の構えを取ってみせた。周次郎の目が細くなっていくのを、軍兵衛は見逃さなかった。

「知っているのか」

「立ち合《お》うたこともある」

「流石《さすが》、周次郎だ。来た甲斐があったってもんだぜ」軍兵衛は刀を鞘《さや》に納めると、周次郎の前に膝を揃《そろ》えて座った。「こいつは、何流なんだ?」

「小出流、と申しておった。今軍兵衛がして見せた構えは、打太刀《うちだち》の刃を峰《みね》で受けると同時に斬る、《峰渡り》とも《棟走り《むねばし》》とも言う太刀筋だ」

「いつ見たんだ?」

「急《せ》かすな。今話してやる」

二十年程前になる、と周次郎が言った。

家督を継いだばかりでな、とにかく鑑定眼《みるめ》を養おうと、必死になって名刀を所持している者を訪ねていた頃のことだ。

「軍兵衛も知っているだろう、三光稲荷《さんこういなり》近くの高見《たかみ》道場」

「偏屈軒《へんくつけん》と言われていた?」

「そうだ偏屈軒・高見尚八郎《なおはちろう》だ」

気に入った者しか弟子に取らず、取った弟子も、見込みがないからと破門する。いつも二、三人の弟子しか稽古《けいこ》をしていない、閑散とした道場だった。

「あの偏屈が飛騨守藤原氏清《ひだのかみふじわらうじきよ》の脇差を持っていたのでな。俺はただただ見たい一心で、日参したのだ」

藤原氏清は、刀を鍛えたのが天正《てんしょう》の一時期だけという寡作《かさく》な刀工だった。

半月も通っただろうか、ようやく許されて道場に上がると、先客がいた。

「ひどい身形《なり》をしていたが、それを恥じもせず、凛《りん》としていた」

道場主の高見尚八郎が、諸国を修行していた時に知り合った剣客だ、と紹介した。

その剣客は、御家人《ごけにん》の三男で、家督を継ぐことは出来ぬゆえ、剣で身を立てようと励んでいた。ところが、嫡男《ちゃくなん》に続き次男も若くして病死したため、家督が転がり込んで来てしまった。

「家督と申しても、十二俵一人扶持《ぶち》だ。……気に障《さわ》ったら、許せ」

三十俵二人扶持の軍兵衛を気遣っての物言いだった。軍兵衛は、気にせずに話を進めるよう言った。

「修行を続けるか、道場の主《あるじ》になった方が気ままだし、内証《ないしょう》も豊かだったであろう。だが、家名を残すよう親と親類筋に説得されて、折れた」

「……黒鍬《くろくわ》か」

「そうだ」

黒鍬の組屋敷は、板橋宿の手前にあった。《伊勢屋》弥右衛門が斬られた鎌倉河岸からだと、昌平橋を渡るのが一番近い。その道を通って、竹之介が黒鍬の娘と逢《あ》っている。

「名を、黒鍬者の名を覚えておるだろうな」

「勿論《もちろん》だ。桑沢小三郎《くわさわこさぶろう》。私の知る限りでは、三本の指に入る、達人であった」

桑沢の名を胸に刻んだ。蕗の家の苗字が何と言うのか、訊かねばならない。そう思った時、周次郎の話が二十年前のことであるのに気付いた。

「桑沢小三郎は、その時何歳だった？」

「そうよな、今の我々より少し上ではなかったかな」

「五十三、四ってところか」

「そんなものだ」

「だったら、若いのを連れていなかったか、弟子とか息子とか、娘でもいいぞ」

「いや、ひとりであった」周次郎が湯飲みで軍兵衛を指した。「朋輩を斬った者ではないかと思うたのか」

「歳《とし》が違った。桑沢小三郎なら七十を過ぎてなければならねえ」

「若いのか」

「分からねえが、七十ってことはない」

「後は、組屋敷に行って探るしかないな」

「そのつもりだ」

「その者が誰だか分かり、立ち合うことになった時は、逃げろ。こう言っては悪いが、あの桑沢小三郎の教えを受けた者だとすると、軍兵衛の勝てる相手ではない。この俺が、身動き出来ずに負けたのだからな」

「何か勝つ手立ては？」

「ない」周次郎が言下《げんか》に答えた。

二

押切玄七郎は、組屋敷の庭に出て、ひとり剣を振《ふる》っていた。

それは、黒鍬者の組屋敷にあっては珍しい光景だった。組屋敷の敷地から、鍬を振う音は聞こえて来ても、剣の稽古をする気配を感じることなどは、無いに等しかった。

理由《わけ》があった。黒鍬の者が公儀御用を務める時は、大刀の所持を許されず、腰に差せるのは脇差だけだった。そのために、剣の稽古には不熱心であったのだ。中には、逼迫《ひっぱく》する暮らし向きを補うために、本身《ほんみ》を売り払い、竹光を置いている者さえいた。

（我らは、黒鍬である前に、武士ではないか）

玄七郎は、正眼に構えていた太刀を横に寝かせた。鎬《しのぎ》が鈍《にぶ》く光った。

一間の間合の先には、紙が一枚吊《つ》り下げられている。

太刀が峰から起き上がり、中天に達したところで、雷《いかずち》のように落下する。

紙片が斜めに切れ、ひらりと舞い落ちた。

玄七郎は、溜《た》めていた息を吐き出すと、再び正眼に構え、やがて太刀を横に寝かせた。

風が、微《かす》かな風が、遠く高い空の上で起こった。

それは、少しずつ吹き寄せ合い、束になり、野に落ち、林を抜け、黒鍬の組屋敷を揺らした。立て掛けられていたのか、どこかで梯子《はしご》の倒れる音が、戸の打ち付けられる音がした。風が間近に迫った。

最初の風が、残った紙片を揺らそうとした時、玄七郎の太刀が袈裟《けさ》に走った。切り放たれた紙片は暴れ、騒ぎながら、風とともに虚空《こくう》へと飛び去った。

家の中から咳《せき》が聞こえた。妻の小夜《さよ》だった。

玄七郎は刀を鞘に納めると、戸を開け、土間に入った。

小夜が夜具から半身を起こしていた。

「水か、薬か」

玄七郎は鉄瓶《てつびん》の蓋《ふた》を開けた。薬湯がにおった。熾火《おきび》に掛けた。

「蕗は？」

小夜が訊いた。

「出掛けている」両舟先生のところへ薬をもらいに行った、と玄七郎が言葉を足した。

「前に、下屋敷の子にいじめられたと聞いております」

小夜が病み疲れた顔を曇らせた。

「嫌な心持ちがいたします。見て来ては下さりませぬか」

「分かった」

薬湯を火から下ろすと、湯飲みに注《さ》し、妻の手許に置いた。

「まだぬるいが」

玄七郎は、脇差だけを腰に家を出た。

加賀前田家中屋敷の向こう、巣鴨御駕籠町の空《あ》き地へと続く路地に、軍兵衛の

男児が、木刀を手にして、少しずつ足場を移した。男児

ひとりが言った。

「見せ付けてくれるではないか」

ふたりを取り囲んでいる、前田家下屋敷の子弟のひとりが言った。

「夫婦約束でもしているのか」

額に黒子《ほくろ》のある身体の大きな子が、大人びた顔付きをした。

「それ以上の暴言、許さぬぞ」

竹之介が蕗を庇《かば》いながら言った。

「許さぬのなら、どうすると言うのだ？」

黒子が、辺《あた》りを見回した。お前の凶暴な母者はおらぬようだが。

「私ひとりで十分だ」

竹之介は稽古着を蕗に渡すと、木刀を手にして、少しずつ足場を移した。男児らが、含み笑いを浮かべながら、ふたりににじり寄った。竹之介は襲いかかると見せて、蕗を板壁の傍《かたわ》らへと導いた。ふたりを取り囲んでいた輪の一部が、板壁で途切れた。竹之介はそこに蕗を移した。行き着いた玄七郎が、足を止めた。即座に何が起こっているのかを悟った。

（さて、どうするか）

竹之介を注視した。

「相手になろう」

竹之介が木刀を構えた。男児らが刀《かたな》を抜いた。

迷った。玄七郎は、今飛び出すべきかで、数瞬悩んだ後、小石を拾《ひろ》い、投げて当てられる間合まで進んだ。

「来い」

竹之介は叫びつつ、父が組屋敷の道場で言ったことを、頭の中で繰《く》り返し唱《とな》えた。

数は問題ではない。殆《ほとん》どの場合は、頭目がいて、後は金魚の糞《ふん》だ。頭目を倒せば、総崩れになる。まず、背後の敵を打つ。前に行くと見せて、背後だ。素早く動かねばならぬぞ。それと、もうひとつ。我が家に伝わる秘太刀を、教えてやる。

（こいつは、一度だけは決まるぞ）

父は嬉々《きき》として教えてくれたが、あれは秘太刀と言えるものなのか。ちと、ひどいのではないか。

背後で動く気配がした。竹之介は父に言われた通り、前に行くと見せて、背後の者に飛びかかり、手首を打ち据えた。こきっと鳴った。決まった。竹之介は、弾《はず》む心で秘太刀に移った。戻す刀を、前の黒子に投げ付けたのだ。

木刀は注文通りに勢いよく飛び、黒子の顔面に当たった。黒子の手から刀が落ち、同時に鼻血が噴き出した。竹之介を挟んだ前と後ろで大きな泣き声が上がった。

「よくもやったな」

残った三人が刀を振り上げた。竹之介が腰の刀に手をかけ、引き抜いた。竹之介の動きが僅《わず》かに遅れた。

蕗は稽古着に顔を埋《うず》めた。刀の落ちる音と、飛礫《つぶて》の落ちる音が続き、父の怒鳴《どな》り声が聞こえて来た。

「何をしている。止めぬか」

目を開けると父が駆け寄って来ていた。足許を見た。刀が落ちていた。竹之介に斬りかかろうとした男児の刀だった。

男児らは刀を拾うと、泣いているふたりを抱え、逃げ出して行った。

「父上」

蕗が、竹之介の稽古着を握り締めたまま、叫ぶように呼んだ。

「娘を助けていただいたようだな。礼を申し上げる」

「とんでもありません。こちらこそ、助けていただきました」

「木刀を投げるとは思わなかった」

玄七郎が、思わず笑みを零《こぼ》した。

「父が、一度だけは決まると教えてくれたのです」

「見事に決まったな」

「驚きました」

「蕗に聞いたが、お父上は奉行所にお勤めだそうだな」

「はい」

頷いた竹之介は、我が目を疑った。軍兵衛の姿が見えたのだ。見慣れぬ手先をつれている。

「父でございます」

玄七郎と蕗が、驚く番だった。

軍兵衛と玄七郎は歩み寄ると、名乗り合い、初対面の挨拶《あいさつ》をしている。

「何かあったのですかな」

尋ねた軍兵衛に竹之介が訳を話した。稽古が、役に立ちました。

そうか。軍兵衛が笑みを見せた。

「町方《まちかた》が、このように遠くまで、調べに来られるのですか」

玄七郎が訊いた。

「ちょいと用があっただけのことで、滅多《めった》に来るものではありません」

「御用とは？」

「失礼ですが、押切殿は、剣の方は？」

「からきしですな。御役目の時は脇差なので」

「そうは見えませぬが」

「恥ずかしい話だが、鎌や鍬はありますが、剣は脇差が一振りあるだけです。買い被《かぶ》りでござる」

「では、ご存じないかも知れませんが、小出流を遣う御方が黒鍬の方々の中におられるか否かを調べに来たのです」

瞬間、玄七郎の目が、軍兵衛がどこまで知っているのか、探るような動きを見せた。

「存じませぬが、そのような者がおるというのは、確かなことなのですかな」

「桑沢小三郎という名に覚えは？」

「桑沢家は、跡継ぎが病死したため、絶えましたが」

「いつのことです？」

「彼此《かれこれ》十七、八年前のことかと」

「その方に、誰かが剣を学んでいたという話を聞いては？」

「おりませぬが」

玄七郎は、首を捻《ひね》ってから、しかし、と言った。

「よく桑沢小三郎の名をご存じでしたな」

「立ち合《お》うた者がいたのですよ、お江戸は広いと言うべきでしょうか」

「その御方は」

「お教えするような者ではありませんが、今までに出会った剣客の中で三本の指に入ると話しておりました」

「桑沢の名を知る者にとって、嬉《うれ》しい話です。墓に花を手向《たむ》け、話しておきましょう……」

玄七郎と目が合った。迷いのない、真っ直ぐな、よい目をしていた。腕前の程が知れた。

脇差を見た。黒一色の拵《こしら》えをしていた。

「黒拵えが多いですな」

「左様。我らは武士とは名ばかり、目立たぬよう、黒鍬には黒拵えが多いですな」

「知らなかった……」

軍兵衛は、改めて玄七郎に目を遣《や》った。加曾利孫四郎が言っていた、《黒太刀》と同じような背格好だった。

「父上」

竹之介が、街道を指さした。

「下屋敷の方から人が来ます」

男児らに導かれ、大人が七、八名、駆けて来た。

「かかわらぬが賢明でしょう。お隠れなされい」

「大丈夫ですか」

「囲まれても、私には秘太刀がありますゆえ」

「心強いですな」

知ってやがるな。軍兵衛は顔には出さず、物陰を指した。

「そちらの後ろへ」

黒鍬の父娘が隠れた。

下屋敷の者どもの足並みが、止まった。

相手が八丁堀の同心《どうしん》と知って、怯《ひる》んでいる。怯んだ相手を、嵩《かさ》にかかって攻めるのは同心の得意とするところだった。

「躾《しつけ》の行き届かぬ馬鹿餓鬼《がき》どもの尻馬に乗り、昼日中から徒党を組むとは、開《あ》いた口が塞《ふさ》がらねえぜ」

「何だと？」

一転して熱《いき》り立った大人に、額に黒子のある子が、竹之介を指さして言った。

こいつだ。

「俺の倅《せがれ》に何か用か」

「乱暴したのだ。見てみろ」

赤く腫《は》れ上がった鼻の下には血がこびり付いていた。

「その理由《わけ》を知っているのか。病の母親のため、薬を取りに通う娘を、執拗《しつよう》にからかったがゆえだ」

竹之介が、はっ、として軍兵衛を見上げた。

「実《まこと》なのか」

下屋敷の大人が黒子に訊いた。

「ふざけただけなのに、本気になって……」

黒子の頰《ほお》が鳴り、また鼻から血が噴き出した。

「存ぜぬこととは言え、申し訳もござらぬ」

「分かりゃあいいと言いたいが、そうはいかねえ。俺は、北町奉行所臨時廻り同心・鷲津軍兵衛だ。手前《てめえ》ら田舎者《いなか》は知らねえだろうが、臨時廻りってのは、定廻《じょうまわ》りの指導役だ。江戸中探しても、北に六人、南に六人。合わせて十二人しかいねえという大役だ。その倅の嫁《よめ》になろうという娘をからかい、御免で済まそうって気か？　とは言え、仕方ねえ今回だけは許してやるが、今後一切《いっさい》あの娘には構わずに願いたい。もし、倅の嫁になる前に、肌の一点にでも傷を付けられたとしたら、北町奉行所の者が前田様の御家中にお手向かいいたすこと、覚悟しておかれい」

「町方風情《ふぜい》が加賀百万石と戦うと申すのか」

「よく言った。手前は目出度《めで》え奴だ。そっちが百万石かどうか知らねえが、八丁堀を敵に回して、江戸で楽しい勤番暮らしが送れると思ってるのか。どこぞで酔ってみろ。不逞《ふてい》の浪人者としてしょっぴいてくれるわ。加賀前田家の者だと名乗ろうが、構いやしねえ、揚屋《あがりや》にぶち込み、糞《くそ》のにおいに塗《まみ》れたところで寝起きさせてやる。いいか、一事が万事だ。市中で何かしてみやがれ。一生浮かばれねえようにいたぶってやるからそう思ってろ。おい、目出度えの、名を言え。今後前田家の江戸留守居役《るすいやく》だか用人だか知らねえが、勤番の者が粗相《そそう》したゆえ何とかしてくれと頼んで来ても、下屋敷の某《なにがし》に町方風情と言われたのでと断ってくれるわ。さあ、名を言え」

「……分かった。決して忘れぬ」

「それでいい」

下屋敷の連中が、黒子どもを追い立てるようにして、戻って行った。

「お見事ですな」

玄七郎が蕗を伴って、物陰から出て来た。

「これで、いやがらせもなくなろう程に助かりました」

蕗が父に倣《なら》って礼を言った。

「そなたが、蕗殿か」

蕗が頬を染めて、俯《うつむ》いた。

「よい名だ」

「帰るぞ」

玄七郎が、蕗の肩に手を当てた。

「その稽古着は？」

蕗は抱き締めていた稽古着に気付き、竹之介に駆け寄り、手渡した。

蕗が、何か言いたげに父親の方を振り向いたが、何も言わず、竹之介に頭を下げた。竹之介も頭を下げた。

帰路についた。白山権現の森近くに達した時、竹之介が軍兵衛に言った。

「蕗殿の父上は、達人かと思われますが……」

「何ゆえ、そう思うた？」

「先程のことですが、危ういところを飛礫で助けて下さいました」

十間（約十八メートル）の間合から、刀を握った手に小石を投げ付けたのだった。

「凡庸《ぼんよう》なる者に出来ることではありませぬ」

竹之介のしっかりとした物言いに、軍兵衛は目を見張った。確実に成長しているのだ。

「もし投げて下さらねば、斬られるか刺されていたかも知れませぬ」

「そうか、よく話してくれた」

「蕗殿の父上は、何ゆえ腕前を隠したのでしょうか」

「黒鍬はな、城勤めに出ても、五、六年は苗字を名乗ることさえ許されない身分なのだ。鬱屈《うつくつ》としたものがあるのだろうよ」

「蕗殿の父上は、立派な方です。刀の鑑定をして、薬料にあてているそうです。蕗殿から聞きました」

「そうか目利《き》きなのか。凄いものだな」

「はい」竹之介が嬉しそうに答えた。

「どうだ、五人と立ち合《お》うた感想は？」

「怖かったです」

ふたりの後ろから来る福次郎の足音が近付いた。

「ほんの少しの間ですが、逃げようかとも思いました」

「よく逃げなかったな」

「ここで逃げたら、多分次の時も逃げるような気がしたので、逃げませんでした」

「骨の一本くらいは折られる覚悟を決めたら、落ち着きました」

福次郎の足音が、少し遠退《とおの》いた。

「父上」と竹之介が、思い付いたように訊いた。「こちらでのお調べは、もうよいのですか」

「終わった。案ずるな」

三人の足音が、交互に響いた。ひとりだけ、草鞋《わらじ》を引き摺《ず》っている。福次郎だった。

「竹之介、福次郎に会うのは初めてだったか」

竹之介が、はい、と答えた。

「留松ンとこの若い衆の福次郎だ。こっちは、倅の竹之介」

福次郎が小走りになって回り込み、深く腰を折った。

竹之介は、背負っていた木刀と稽古着を肩から外し、礼を返した。

「初めてお目にかかります。竹之介です」

「お前が大きくなる頃には、いい親分になっているはずだ」

「至らぬところがあれば、遠慮なくご叱責《しっせき》下さい」

「若様、よしておくんなさい」福次郎が膝を突いた。「俺は、そんなもンじゃござんせん。俺は、怖くて、震えちまって、何も出来なかったもンです」

「福次郎さん」竹之介が困ったように父を見た。

「若様は立派だ。ひとりで五人に立ち向かった。偉《えれ》えよオ。凄いよオ」

「私はあなたのことを何も知りません。それでも、あなたに言えることがあるとするならば、私もあの五人を最初に見た時は、何も出来ずにいたということです。怖くて、動けませんでした。多分、あなたと同じです。ただ、それを繰り返さなければいいと思ったのです」

「福次郎、そういうこった」

軍兵衛が、立つように、と言った。

「旦那ア、若様ア」

福次郎の頰を涙が伝っている。

「お前《めえ》は、よく泣く男だな。止めろ、みっともねえ」

怒鳴り付け、思わず笑いながら竹之介を見た軍兵衛が、声を詰まらせた。竹之介が、肩を、手を震わせて泣いていた。

「怖かった。私だって怖かった……」

三

五月十四日。昼八ツ（午後二時）。

竹之介と蕗が下屋敷の子弟らに囲まれる前、まだ白山権現の茶店で笑いながら団子を食べていた頃、町火消《い組》の頭・雷神の房五郎の後を尾《つ》けていた千吉と佐平は、手応《てごた》えを感じ始めていた。

「珍しいこったな」

房五郎が町駕籠《まちかご》に乗ったのだ。目付きの鋭《するど》い男が脇に立ち、駕籠に合わせて走っている。《計り虫》の半三である。

駕籠は東に向かった。千鳥橋《ちどりばし》を渡り、薬研堀を通り、両国広小路へと出た。

そこで駕籠を下りた房五郎は、長さ九十六間の両国橋を渡り、藤代町《ふじしろちょう》の船宿《ふなやど》で小舟を仕立て、ふたりで乗り込んだ。

千吉と佐平も小舟を頼み、大川に出た。川風が汗の浮いた肌に心地よかった。

「取り敢《あ》えずは、吾妻橋《あずまばし》辺りまで行ってくんな。まだ、見たことがねえんだよ」

吾妻橋は一年前の安永三年に架《か》けられていた。

「大川も変わっていきやすから」

船頭が、愛想笑《あいそわら》いを浮かべた。

「父《と》っつぁん、少ねえが気持ちだ、取っといてくんな」

千吉が船頭に一朱金を一枚握らせた。一両の十六分の一。現在の金額にすると五千円程になる。

「旦那、こんなに？」

「あって困るもんでもあるめえ。取っておきな」

「ありがてえな。これで、嬶《かかあ》の仏頂面を見ずに、鱈腹《たらふく》酒が飲めやす」

「そいつぁ、よかったじゃねえか」

「極楽ってもんでさ」

船頭の艪《ろ》が、小気味よく撓《しな》った。

「船頭さんよ、前を行く舟だけど、あれは町火消の頭だね」

「さいでやす、雷神のお頭でございやすが」

「よく乗るのかい？」

「たまに、でございやすね」

「浅草寺にでも行くのかい？」

「とんでもござんせん」

船頭が、顎《あご》で前の舟を指した。

「女がいるんでさあ」

「やはり、二千二百の鳶《とび》を動かす頭だ。いい女なんだろうねえ」

千吉が涎《よだれ》を拭《ふ》くような真似《まね》をした。

「一度、拝んで見たいもんだな」

「そんなこたぁ、訳もねえこってすよ、旦那」

「そりゃ、本当かい」

千吉の目が光を帯びた。

「橋場にある川魚料理屋。そこの女将《おかみ》なんでございやすよ。いえね、あっしは見てしまったんでやすよ。橋場の先まで漕《こ》いで、空き舟操って帰る時に、頭が寮(別荘)のような家に入るのをね」

「父っつあん、無理言って済まねえが、そこまでつれてってくれるかい?」

「勿論でさぁ。あっしはね、ただ酒を飲んだことはねえんですよ」

舟は浅草御蔵の前を滑るように進んだ。御蔵の堀脇に植えられた首尾《しゆび》の松《まつ》が、川面《かわも》に映《は》えていた。吉原《よしわら》で一夜遊んだ客どもが、互いの首尾を自慢し合ったのが、この松の辺りであったところから名付けられたという。

　速度を増していた小舟が、堤に近付き、船足を緩《ゆる》めた。どうしたんだ？　問いたげな顔をした千吉に、船頭が言った。

「乗り換えやすぜ」

　見ると、船宿で仕立てた小舟を下り、空き舟を借りている。房五郎が乗り、目付きの鋭い男が艪を使うらしい。

「いつものことなのかい？」

「あれで分からねえと思っているのだから、笑っちまいやすよ。火の中はどうだか知らねえが、川の上は船頭の領分でさあ」

「違《ちげ》えねえ」

　花川戸町、今戸町を通り、銭座《ぜにざ》を越すと、橋場町が見えた。

「分かりやすか、川魚料理《川葦》」

　堤の上に、料理屋が並んでいた。一軒離れて、ぽつんとあったのが、《川葦》のようだった。

「あれかい？」

「さいで」

小舟がゆるゆると岸に近付いた。

「この先の桟橋で、頭だけが下りやして、寮に行くって寸法で、舟を漕いでいた男は舟を操って戻って来やす。ですから、ここらで下りて、陸《おか》から追ってやって下せえ」

「追うって、俺たちは」

佐平が、誤魔化そうとした。

「駄目ですよ、親分。人のにおいは誤魔化せやせんよ」

「黙っていてくれるか」

「ただ酒は飲まねえし、もらった分の義理は果たしやす」

「ありがとよ」

千吉と佐平は、小舟から飛び下りて、陸を走った。

船頭が言ったように、小さな桟橋があり、房五郎が下りていた。

房五郎は小舟を返すと、一度だけ辺りを見回してから、川沿いの道を歩き始めた。間《ま》もないところに、寮のような作りの、鄙《ひな》びた家があった。

木戸を開け、庭に回っている。女の声がした。年老いた声だった。留守番の者なのだろうか。藪《やぶ》に隠れて、動きを探った。女が桟橋の方から歩いて来た。

年の頃は四十過ぎ。粋《いき》な身のこなしは、《川葦》の女将のようだった。女は玄関から寮に入って行った。

やがて、寮の留守番なのだろう、老婆が裏から出て来た。どうやら、家を出ているように命じられたらしい。

千吉と佐平は、寮に近付いてみた。

風呂場から湯を使う音が聞こえて来た。

これ以上近付いて気付かれたら、元《もと》も子もないからと、千吉と佐平はふたりが出て来るのを待った。

七ツ半（午後五時）に、先《ま》ず女が現われた。

佐平が後を尾けた。女は船頭の言った《川葦》に入って行った。女将さんのお帰りだよ。店の者の声で、女将だと知れた。

知らせに戻ろうとして、千吉が身軽な動作で駆けて来るのが見えた。

「舟が迎えに来て、頭も帰ったぜ」

俺たちも引き上げるか。千吉が佐平に言った。

# 第六章　雷神《らいじん》の房五郎《ふさごろう》

## 一

五月十六日。

小網町の千吉と子分の佐平が、雷神の房五郎の寮の見張りについて二日になる。

二日前、房五郎が寮を出てからは、留守番の老婆がいるだけで、ひとりの出入りもない。このまま待っていても、埒《らち》が明かないように思えた。

「旦那《だんな》、いかがいたしやしょう?」

千吉は、様子を見に来た軍兵衛に訊《き》いた。

「仕方ねえ、中に何があるのか、入って調べてみるか」

「よろしいんで？」

「尻《しり》を蹴飛《けと》ばせば、頭《あたま》が出て来るものよ。上手くすると、すげえものが出て来るかも知れねえぜ」

軍兵衛はふたりに耳打ちすると、藪《やぶ》を出た。千吉と佐平が見送った。

軍兵衛の後ろ姿が、川沿いの道を遠退《とおの》いて行った。

「もういいだろう、行くぜ」

軍兵衛との間合を計《はか》り、千吉と佐平が、寮に向かった。

寮は穏やかな風に吹かれていた。

柴《しば》の垣根越しに家の中を覗《のぞ》いた。縁側で老婆が、繕《つくろ》いものを手にして船を漕《こ》いでいた。

「おうっ」千吉が老婆に声を掛けた。「御免よ」

二度では気付かず、三度目になってようやく顔を上げた。

「御用の筋《すじ》でな。ちょいと話を聞かせてほしいんだが」

千吉が十手《じって》を見せた。老婆は、針山《はりやま》に針を刺すと、立ち上がり、身繕いをしてから玄関に向かった。

「済まねえな」千吉が言った。

「何があったんで、ございますか」

老婆が、身体で家の中を隠そうとした。

「お前さんも、聞いているだろうが、この辺《あた》りにある二軒の寮に、寮荒らしが入ってな。金は勿論《もちろん》、目ぼしい家財道具をごっそり持ってっちまったんだ」

「あれま、ちいとも知りませんでした。怖いですね」

「怖《こえ》えよ、寮番の爺《じい》さんがいたんだが、半殺しの目に遭って唸《うな》ってらあな」

老婆が、口を開《あ》けている。

「お前さんも、寮番なんだってな。近くで訊いたよ」

「そうですか」

「ここの留守を預かって、何年くらいになるんだね？」

「あたしは二代目でして、八年になります。その前の人は、四、五年だったそうですが」

「するてえと、建って都合十三年ってところか」

「詳しい話は知らないんですが、そんなものだと思います」

「それでな、寮荒らしの人相なんだが……」

千吉が、適当な男の人相を話し始めた。佐平は数歩下がって、寮全体を眺めている。佐平の目の隅に、軍兵衛が映った。軍兵衛は裏から庭に入り、奥の座敷に上がり込もうとしていた。

「どうだい、何か気付いたことはねえかい？」

「あればお話しするのですが、本当に何も見ちゃいないのですよ」

「だったら仕方ねえな。でも、気を付けてくれよ。なにしろ、乱暴な奴どもだからな」

千吉が、思い付いたように訊いた。

「何か起こった時のことだが、どうするね？　どこか逃げ込むところはあるのかい？」

老婆が《川葦》の名を口にした。

「そいつは心強いだろう。近くにあって、よかったな」

「お蔭《かげ》さんで」

老婆が、形ばかりの礼を言った。

「この家《や》の持ち主なんだが、誰だか教えちゃくれねえかな？」

「よござんすよ。越後《えちご》の織物問屋の《河井屋《かわいや》》治兵衛《じへえ》でございます」

尋ねられた時に即答出来るよう、かねてから覚えていたような言い方だった。

「そりゃまた、遠いな」

「《河井屋》の旦那様が、江戸に出て来て、取引先のお店回りをする時のために建てたのだと聞いておりますが」

「その《河井屋》さんだが、一昨日はこっちに？」

「いいえ」

老婆の顔に、微《かす》かに動揺が奔《はし》った。

「誰だったか、人が来ていたって話を聞いたんだけどな」

「誰でございます？　親分さんにそんな嘘《うそ》を言ったのは？」

「お前さんが逃げ込む先よ。《川葦》の者だよ」

「それは妙な話ですね」

「どう妙なんだ？」

「あそこの者が、他人様《ひとさま》のことを口にするとはね」

「しねえのかい」

「お忍びのお客様もありますから、何も見ない、何も聞かない、何も言わない。だから、安心して行けるんじゃござんせんか。《川葦》は、それを叩《たた》き込みますからね。内々のことは勿論、外のことも、何も喋《しゃべ》らないはずですよ」

「だから、逃げるのかい？」

「どこに逃げようと、こっちの勝手じゃありませんか」

「違《ちげ》えねえ……」

佐平が着物の裾《すそ》を叩いた。軍兵衛が座敷を見終わって寮を出た合図だった。

「裏に小屋があったが」

「あたしの寝床ですよ。《河井屋》さんとか、越後から人が来たら、あたしは裏に行っているんです」

「成程《なるほど》な。ありがとよ」

千吉は佐平を促して帰ろうとした足を止め、老婆に言った。

「それから、俺たちが来たこと。この家の主《あるじ》に言っていいぜ。何か調べに来たとな。北町の鷲津の手の者だと言えば分かるだろうよ」

「来た時に言いますかね」

「そうだな、来た時にな」

千吉と佐平が、木戸門を抜けて、表に出た。

老婆は、千吉らの姿が見えなくなると、玄関から急いで奥に行った。

座敷の中程に立ち、ゆっくりと嘗《な》めるように見回した。袋戸棚《ふくろとだな》。違い棚の下にある地袋戸棚《じぶくろ》。文机《ふづくえ》の上の文箱。それらも丹念に見た。

何かが違った。それはほとんど勘であったが、

(誰かが触った)

としか思えなかった。

この老婆、殺しの一件とは何のかかわりもなかったが、元は盗っ人《ぬすと》であった。身寄りがないからと、房五郎が引き取っていたのだった。

(岡っ引《おかぴき》ってのは、嫌いだよ)

もう暫《しばら》くしたら、《川葦》の女将《おかみ》に、そっと知らせておこうかね。老婆は、縁側にもどり、針山から糸を通してあった針を引き抜いた。


「どうでした?」

ようやく戻って来た軍兵衛に、千吉が訊いた。

「殺しに関するものは、何もなかった。きれいさっぱり片付いていた。流石《さすが》だな」

「では、無駄でしたか」

「その逆よ。お前らにも、見せてやりたかったぜ」

老婆が奥の座敷に駆け込み、凝《じ》っと佇《たたず》んでいたことを話した。

俺は戸棚を探りながら、お前らの話を聞いていたんだが、用心のためにと偉《え》えしっかりした婆さんを置いたのが裏目に出たかも知れねえぜ。

「婆さんの話を聞いたら、大概《たいがい》の者は尻《しり》に火が点《つ》いたかと心配になるだろうからな」

二

諏訪町の船宿《ふなやど》《川喜多》の奥座敷に、房五郎、破魔、隼の八、そして押切玄七郎が集まっていた。

やがて《計り虫》の半三が、遅れて座に着くと、

「見回って参りやした。後を尾《つ》けられていた気配はありやせんでした」

皆に聞こえるようにして、房五郎に告《つ》げた。

「当たり前だ。俺たちは何も尻尾《しっぽ》を摑《つか》ませるようなどじは踏んじゃいねえし、文吉の一件だって、俺たちには繫《つな》がらねえはずだ」

隼の八が、不愉快そうに言った。

「隼の。そうなんだがな。俺の橋場の先にある寮に、岡っ引が現われたんだ。わざわざ八丁堀は鷲津の手の者だと名乗ってな。二日前に、《川葦》の知り合い筋で揉《も》め事があり、その後始末の相談を破魔としていたのだが、どうやら見張られていたらしいんだな」

「留守の者に、寮荒らしがあったと言ったので若い衆に調べさせたんだけど、そんな話はどこにもなかったのさ」破魔が口を添えた。「調べに来たのは、頭の寮だけ。しかも、奥の座敷をこっそりと改めたらしいんだね」

「よく分かったじゃねえですか、改めたって」隼の八が訊いた。

「留守の婆さんだが、昔はその道の玄人《くろうと》でね。二つ名もあったって人なんだよ。座敷を改められたかなんぞは、造作《ぞうさ》もなく見破っちまうって寸法よ」

「そいつはいいや。でも」と隼の八が、少しばかり目を据えた。「何か知られちまったってことは、ねえでしょうね？」

「心配するこたアありやせん。どこをどう調べたって、あそこからも、文吉からも、証《あかし》になるようなものは出て来やせん」

半三が、八に答えた。

「しかし、気持ちがよくねえな。俺たちの気付かねえところで、お調べが進んでいるのかも知れねえしな。もし、捕まりでもして、責められたら、分からねえぜ。誰が、ではなく、俺もな」隼の八が、利《き》き腕の袖《そで》を肩までたくし上げた。「この際、鷲津とか言う同心を殺《や》っといた方がいいんじゃねえかと、俺は思うがな」

「俺たちは、好き好んで人を殺しているのではない」房五郎が、腕を組んだまま言った。

「しかし、泣きを見ている者を助けたいのなら、続けるしかねえし、続けるためには殺るしかねえんじゃありやせんか」隼の八が言った。

「そう急《せ》くねえ」房五郎が止めた。「相手は同心《どうしん》だ。どこまで調べがついているのか、よく確かめてからでも遅くはあるめえ」

「頭、よろしいでしょうか」

半三が言った。房五郎が、話すように促した。

「隼のが言うことも一理あるように思うのです。どこまで調べられているのかは分かりやせんが、鷲津さえいなくなれば、調べが頓挫《とんざ》するかも知れやせん。ここは、試してみるのも手かと」

「先生は、どう思われやす?」房五郎が、玄七郎に話を投げた。

「その八丁堀なら、二日前に、会った」

座にいた皆が、玄七郎を見た。

「どうしてそのことを」

房五郎が言った。

「娘と八丁堀の倅《せがれ》が知り人でな」

「そちらの御用で、お会いに？」

「いや。私を探りに来たのだと思う」

「するってえと、先生のところまで調べが進んでいると見て、間違いありやせんね」

半三が、隼の八と破魔に言った。

「俺はやるぜ」隼の八が言った。

「あたしも」と破魔が言った。

「先生は？」隼の八が訊いた。

「気が進まぬ。出来るならやりたくない」

「承知しやした。俺がやりやしょう。任せておくんなさい。それで、よろしゅうございやすね？」

房五郎が隼に頷《うなず》いて見せた。

「あたしと半三が見届けます」

「仕方ねえな……」

隼の八と破魔、そして半三が座敷を後にした。残っている房五郎と玄七郎に、酒が来た。破魔か半三が帳場に言ったのだろう。肴《さかな》を適当に持って来るよう仲居に言い付けた。

仲居の足音が小さくなった。

「そろそろ潮時《しおどき》ですかな」

「頭のお蔭で、妻も死なずに、娘と三人の暮らしが成り立っている。このこと、いくら感謝いたしても言い尽くせぬ」

玄七郎が膝《ひざ》に手を置き、上半身を傾《かたむ》けた。

「よしておくんなさい。それもこれも皆、定めなんでございますよ。先生と出会ったのも定め、仲間にお誘いしたのも定め、受けられたのも定め。こうなるように、決められていたのですよ」

六年前、火事場の消口《けしくち》を巡るいざこざで、房五郎が命を狙《ねら》われた。夜、内職の楊枝《ようじ》を届けた帰りの玄七郎が、その場に行き当たり、脇差一《ひと》振りで五人の者を瞬時に斬《き》り倒したのだ。その手並みの鮮やかさに惚《ほ》れ込んだ房五郎が、話を持ちかけた。

嫡男《ちやくなん》を死産した後、体調を崩し、寝たり起きたりを繰《く》り返している妻を治すには、高価な薬が必要だった。玄七郎は、三日考えた後、房五郎に受ける、と答えた。

「今更《いまさら》でございやすが、こんなことに巻き込んじまって、申し訳ねえことをいたしやした」

「何を言う。あの時、やると答えたのは私だ。私が決めたことだ」

房五郎が玄七郎の杯に酒を注《つ》いだ。

「我が流派に《雷神》という太刀筋《たちすじ》がある」

「へえ」房五郎が、この場に似合わぬ頓狂《とんきよう》な声を出した。

「そうだ、頭の二つ名と同じなのだ。聞いた時、これは因縁だと思うたのも確かなことだ」

玄七郎はふたつ続けて杯を干すと、話し始めた。

「《雷神》は、立ち合《お》うた相手を骨諸共《もろとも》斬り裂くことから名付けられたと聞いている。この太刀筋を生きた者相手に遣《つこ》うてみたいと思ったのも事実だ。師は、生涯一度も斬らぬが最善と言われたが、私は四人斬った。もうよい、頭の言われる通り、潮時かも知れぬな」

「先生はよい御方だ。私が見込んだだけのことはありやした」

房五郎は酒を咽喉《のど》に流し込むと、ところでと言って、玄七郎を見た。

「先生と八丁堀が立ち合ったら、どっちに分がありやす？」

「私の方が、腕は上だろうな」

「もしもの時は、斬って下さいやすか」

房五郎の身体の動きが止まった。全身で玄七郎の返答を待っている。

「妻と娘のためならば立ち合うが、金で請け負いたくはない」

「分かりやした。ささっ、飲みましょう」

房五郎が徳利を持ち上げたところに、小鮒《こぶな》の馴鮨《なれずし》が来た。俄《にわか》に房五郎の相好《そうごう》が崩れた。「私は、この馴鮨って奴が大好物でしてね」

「頭は大好物が多くて、羨《うらや》ましいな」

「多少嫌いでも、好物だと思っていると、好きになるものでございますよ」

「深いの、頭は」

「何を仰《おっ》しゃいます」

双方の箸《はし》が伸び、話が途切れた。

「やはり癖があるな」

「この癖がよろしいんで」房五郎の頬《ほお》が柔らかな日差しを浴びて、軽やかに動いた。「一度近江《おうみ》に行ったことがございます。京に行った帰りでございますが、あそこの鮒鮨は、それは癖が一段ときつくて」

「美味《うま》かったのか」

「はい」

「近江か。私は、生まれてから殆《ほとん》ど、江戸を出たことがない」

「左様で」

「逃げて逃げて、逃げ回るついでに、近江とやらに行ってみるのも、よいであろうな」

「先生はまだお若いから、それも出来ましょうな」

「……隼は、襲うのであろうか」

「八は、狙《ねら》いましょう。あの男は、己が生き残るためでございますよ」

三

五月十七日。五ツ半（午前九時）。

鷲津軍兵衛は、中間《ちゅうげん》に岡っ引の千吉と子分の新六、佐平をつれて、神田明神から湯島天神にかけて荒らし回っている掏摸《すり》の捕縛《ほばく》に出向いた。

福次郎には小粒を与え、留松を見舞わせている。

市中の見回りも兼ねて歩いたせいか、明神下へ着くのに半刻《はんとき》近くかかった。

「雁首《がんくび》揃《そろ》えていても仕方あるめえ」

軍兵衛は、千吉と新六に湯島を見回るように言い、自身は佐平と中間をつれて、神田明神に続く参道をゆったりと歩いた。

参道の両側には、小商いの店と屋台が並んでいた。そこに香具師《やし》の目を掠《かす》めた棒手振《ぼてふり》が、天秤《てんびん》棒を下ろして、俄《にわか》に商いを始めたものだから、客の取り合いになっている。

その喧噪《けんそう》も、軍兵衛が近付くと、少しの間収まった。

立ち退《の》きを命じられ、今から河岸《かし》を変えていたのでは、明日の仕入れどころか、今夜の飯代にも困ってしまう。少ない貯《たくわ》えを切り崩すことだけは、避けなければならない。

「お見逃しを」

口には出さず、へこへこと頭を下げることで、逃れようとする。

軍兵衛は、佐平に先に行くように言った。

「これでは、俺が行くのが分かっちまう」

軍兵衛に中間のふたりとなった。

中間は、腰に木刀を差しているが、形だけで役には立たない。

（今だ……）

と、軍兵衛の後ろ四間のところを、ぶらぶらと歩いていた隼の八が懐《ふところ》に手を入れた。

刺す、と同時に、人込みに紛《まぎ》れ込む。

（逃げられる）

隼の八は、ひとり、またひとりと追い抜いて間合を詰めた。

小さなどよめきが起こった。

軍兵衛の向こうから来た老爺《ろうや》が、石畳を踏み損《そこ》ねて転んだのだ。咄嗟《とっさ》に繋《つな》いでいた手を放したため、幼い孫は転ばずにいた。

「危ねえな」

軍兵衛は腰を屈《かが》めて、老爺を助け起こそうとした。

隼の八は羽織《はおり》を脱ぐと、小脇に抱えた。長針を革の鞘《さや》から引き抜き、羽織で隠し、軍兵衛の真後ろに立った。

苦痛に呻《うめ》いている老爺の脇で、洟《はな》を垂らした孫の顔が歪《ゆが》んだ。

（何だ、その面は）

隼の八は、幼い孫を視野から外すと、長針を握《にぎ》る手に力を籠《こ》めた。

孫が大きな口を開けた。息を吸い込んでいる。

八の手が真っ直《す》ぐに伸びた。間違いなく軍兵衛の背を刺し貫いているはずだった。だが、目の前に、軍兵衛はいなかった。横に跳んでいた。

老爺と孫が驚いたように八を見ている。

（しまった）

思う間《ま》もなく、八は長針を横に振《ふる》った。

それより早く、軍兵衛の脇差が、長針を持った八の右腕を斬り落としていた。

噴き上がる血に、辺りの者が叫び、飛び退いた。

八と軍兵衛と腰を抜かした老爺らを、遠巻きにして見ている。

八の左手が光った。新たな長針が握られている。

「抜かったぜ……」

己の血を浴びた唇《くちびる》が震えた。笑ったのだろう。

「爺さんよお」

「へっ」

「へっじゃねえよ。孫に風邪を引かせるんじゃねえ。あの面は嚔《くしゃみ》だったのかよ」

老爺が、尻を突いたまま後退《あとずさ》りしようとしている。

「八丁堀、ついてるな」

「何が？」

八が眉《まゆ》を寄せた。

「嚔をしそうになったから、飛沫《しぶき》を躱《かわ》そうとして、避けられたんだろうが？」

「違うな。その前から、手前《てめえ》が襲って来ると分かっていた」

「何だと？」

「羽織はもっと前に脱ぐべきだったな。気配がしたぜ」

「負けたよ」紙のように白くなっていた八の顔に、仄《ほの》かな赤みが射《さ》した。

「上手《うめ》え具合に腰を屈めたんで、喜び過ぎちまった。だが、悔いはねえぜ。終わるってのは、こんなもんだ」

「手前、名は何と言う？」

「親に付けてもらった名前なんぞは、ねえ」咳《せき》に合わせて、斬り口から血が迸《ほとばし》り出た。

「勝手に名乗った名前なら、ございやすがね」

「墓に刻《きざ》んでやる。言え」

「お断りいたしやす」

八が針を咽喉に突き刺した。参道に悲鳴が響いた。八の口から溢《あふ》れ出た血潮が、石畳に流れた。

八の死骸は奉行所に運ばれ、後日、試し斬りに付された。

四

五月十九日。宵五ツ（午後八時）。日本橋石町《こくちょう》の時の鐘が、余韻《よいん》を残して鳴り止《や》んだ。

軍兵衛は、小伝馬町の東にある橋本町《はしもとちょう》を神田堀に沿って歩いていた。

そぞろ歩きではない。昨夜、付け火をしようとした男が捕まったがために、真似《まね》る者が出ぬとも限らぬ、警戒せよとの町奉行の命《めい》があり、臨時廻りも駆り出されていたのだった。

二日前に命を狙われたばかりである。島村恭介から、見回りを外れるよう言われていたのだが、自《みずか》らを囮《おとり》にしようと、千吉らに遠く離れて付いて来るよう言い渡し、ひとりで市中に出たのである。

橋本町から亀井町《かめいちょう》東河岸に抜けるところの闇《やみ》が、濃くなっていた。軍兵衛は構《かま》わずに歩いた。

それは微かな気配だった。

（誰かがいる）

何者かは分からなかったが、堀沿いに植えられた柳の木陰から気配が漂って来た。

軍兵衛は足を止め、

「誰かいるのなら出て来い」

木陰に向かって言った。女がゆるりと闇の中から出て来た。

夜鷹《よたか》だった。手拭《てぬぐい》を被《かぶ》り、片方の端を噛《か》んで銜《くわ》え、茣蓙《ござ》を小脇に抱えている。襟白粉《えりおしろい》が、微かに届く常夜灯の明かりに淡く白く浮いた。

「何だ、姐《ねえ》さんか、商売の邪魔したたな」

行き過ぎようとした軍兵衛を、夜鷹が呼び止めた。

「どうです、旦那」

「俺なんぞに声をかけるとは珍しいな」

「今夜は散々なんでございますよ」

夜鷹が通りを透《す》かすようにして見た。人気《ひとけ》はなかった。

「悪いが、今日は忌日《いみび》なんだ。止めておこう」

それより、と言って、軍兵衛が誘った。どうだ、腹は減ってねえか。

「はい？」

夜鷹が聞き返した。

「酒でも飲まねえか。奢《おご》るぜ」

言うだけ言うと、軍兵衛は夜鷹の返事を待たずに歩き出した。夜鷹が後に続いた。

半町《はんちょう》も行かないところで、軍兵衛が立ち止まった。夜鷹が身構えようとすると、木陰に向かって手招きをしている。

「飲まねえか」

「いいんですか、旦那」

「当《あ》たり前《め》えだ。誘ってるのはこっちだぜ」

夜鷹が現われた。前の夜鷹より大分若い。三十路《みそじ》前の年頃だった。

軍兵衛はずんずん歩くと、仄《ほの》明かりを灯している煮売り酒屋の戸を開けた。先客が三人いた。

八丁堀の後からふたりの夜鷹が入って来るのを見て、三人が静かになった。

「親父《おやじ》、酒をくれ。姐さんは？」

先に誘った夜鷹に訊いた。

「では、お酒を」

「食うものは？」

「別に」

「姐さんは？」

後に誘った夜鷹に訊いた。

「何かあるかい」

「酒があれば何も」

「ふたりとも、飲むだけじゃ身体によくねえぞ」軍兵衛が亭主に訊いた。「何かあるかい」

「煮物がございますが」

「それをくれ。三人前。ひとつ皿に盛ってくれりゃいいぜ」

「そんな、旦那、あたしたちと同じ皿だなんて」

「こうして酒を飲むのも何かの縁だ。細かいことは気にするな。なあ」

と先に誘った夜鷹に言った。白い肌に襟白粉がよくのっている。

酒が来た。

後から誘った色の黒い夜鷹が、銚釐《ちろり》を手に取り、軍兵衛の前に差し出した。

「済まねえな。ありがとよ」

軍兵衛は、勢いよく飲むと、ふたりに注いだ。

「後は面倒だ。手酌で飲もう」

三人が咽喉を鳴らした。

「旦那、あたしが幸せなのは、飲んでる時だけですよ。ねえ、そうは思わないかい」

色黒の夜鷹が、白い夜鷹に言った。白い夜鷹が杯を傾《かたむ》けながら、笑って頷いた。

「そう言えば、あんた見ない顔だねえ」

と黒い夜鷹が、白い夜鷹の顔と身体付きを見た。

「まだこちらに来立てで」

「あんた、誰に断って立っていたんだい」黒い夜鷹が、荒っぽく杯を盆《ぼん》に置いた。「名前を言ってごらんよ。断りなしだったら、許さないよ」

「待ちな」

「旦那、申し訳ありませんが、これぱっかりは引けないんですよ。誰だって一度は半殺しの目に遭って覚えるんですからね」

「そうじゃねえんだ。こいつは、俺を待っていただけなんだよ。夜鷹の格好をしてな」

黒い夜鷹が、首を傾《かし》げた。

「どうして、そんなややこしいことをするんです？」

煮物が来た。軍兵衛は塗り箸を黒い夜鷹に差し出した。

「済まねえな。お前さんは、理由《わけ》なんて気にせず、飲んで、食べて、気分を直していてくれ」

「そんな、旦那。そりゃあ、もう、そう言うことなら」

黒い夜鷹は、煮汁をたっぷりと吸い込んだ油揚げと大根を頬張った。

「やっぱり臨時廻りの旦那ですね。とても敵《かな》わない」白い夜鷹が、溜息交《ま》じりに言った。

「殺しのお仲間と見ていいらしいな」

「そうだと言ったら、どうなさいます？」

「さて、どうするかな？」

外では千吉らが待ち構えているはずだった。

女が胸許《むなもと》に手を当てた。剃刀《かみそり》でも隠しているのだろう。

「あのお仲間の名は？」

「……隼の八、でございます」

「奴《やっこ》さんは、大分殺したようだな。お前さんは？」

「…………」

黒い夜鷹は、煮汁を飲んでいる。ふっと息を継ぐと、油揚げが好きなのか、選んで食べている。

「うまいかい？」

「おいしいねえ」

「御縄になったって」と女が、軍兵衛に言った。「白状はしないよ」

「無理だな。白状しなければ、責問《せめど》いにかけられる。耐えられるもんじゃねえ。悪くすりゃあ、死ぬ。それでもいいのか」

「…………」

女の額《ひたい》に、汗が浮いた。

「しかし、俺は責問いは嫌《きれ》えだ」

「だったら、どうしようって言うんです？」

「行きな」

「旦那、今、何て？」

「帰って、《元締《もとじめ》》に言え。手前《てめえ》の見当は付いた。ちまちまと襲わず、首を洗っておけ、となし
「狙ったのは、あたしらが勝手にしたこと。《元締》は『待て』と仰っしゃったんです」

「そうだろうな。そういう御人だと思ってたよ。分かったから、気が変わらない

うちに、もう行け」

「どうしてあたしが偽物だと分かっちまったのか、教えちゃくれませんか」

「半分は勘だ」

「後の半分は？」

「お前さん、昔はどうだったか知らねえが、今は乏《とぼ》しい明かりで鐚銭《びたせん》を数える暮らしなんぞしちゃいねえだろ。暮らしのにおいが出ちまったんだよ」

「負けました」女は立ち上がると、本当にいいんですね？　ともう一度訊いてから、腰高障子《こしだかしょうじ》を開けて、外に出た。

目の前に、千吉と新六と佐平がいた。女を見て、佐平が叫んだ。

「手前《てめえ》は」

川魚料理《川葦》の女将・破魔だった。

「捕まえちゃならねえぞ」軍兵衛の声がした。

破魔は、軽く会釈《えしゃく》して、立ち去って行った。

「何も見逃す手はねえだろうに……」

千吉が戸に手をかけた。中から、軍兵衛と夜鷹の話し声が聞こえて来た。

「旦那、何が何だか分からないんでございますが？」

「分からなくていいんだ。さっ、飲んでくれ。姐さん、子供は?」

「おります、ひとり」

「男の子かい、女の子かい」

「男の子です。六月六日の手習い始めには寺子屋に通う年頃になります。だから、近いうちに、この商売をやめなければなりません」

「そうか、子供は大きくなれば物心がつくからな。どうするつもりだい?」

「小間物でも売ろうかと」

「そいつはいいや。是非そうしろ。売れ残った時は、八丁堀に持って来い。買い切れない時は、売るのを手伝ってやる」

「旦那、ありがとうございます」

「近いうちなんて言ってても駄目だ。直ぐやめろ。これをな」と言って、軍兵衛が懐に手を入れ、小粒をふたつ取り出した。「何かの足しにしてくれ。少なくて済まねえが気持ちだ」

「そんな、こんなに」

「助かったんだよ、お前がいてくれて。礼を言うのはこっちなんだよ」

「………?」

「分からなくてもいいんだ。飲んでくれ」

女が杯を両の手で支えて飲んだ。

「何だ、それじゃ三々九度だぜ」

「止めます。今日で酒も止めます。明日から、心を入れ替えます」

「俺はお前さんを信じるぜ。いいおっかさんになってやってくんなよ」

「よく決心しなさった」

煮売り酒屋の亭主が、前掛で手を拭《ふ》きながら、奥から出て来た。

「裏に桶《おけ》を用意した。水を張っておいたから、白粉を落として帰りな」

女の目に、涙が盛り上がっている。

「子供が大きくなり、何をして暮らしていたのかと訊かれたら、ここで働いていたと言えばいい。そうしな」

「ありがとよ、親父《おお》さん」

女が手で顔を覆《おお》った。背中が激しく波打っている。

千吉は戸口から離れ、軍兵衛が出て来るのを待った。

「旦那、遅いっすが、どうしたんです？」

新六と佐平が訊いた。

「もう出て来なさる。慌てるねえ」

千吉が言った。

五

五月二十日。五ツ半（午前九時）。

年番方与力《ねんばんかたよりき》の詰所で、島村恭介と鷲津軍兵衛が向かい合っていた。

「近頃は、お見えになるのが早いですな」

「其《そ》の方が詳しく話してくれぬから、まだ詰所におるうちに、とこうして早く来ておるのだ」

「それは、申し訳ございません」

「そう思うなら、其の方のことでも」と言ってから、声を潜《ひそ》めた。「あっちの方のことでも構わぬ、このところの動きを申せ」

「昨夜のことですが」

軍兵衛は、女の刺客が近付いて来たことを話した。

「あれ程言うたのに、ひとりだったのか」

「手の者を配しておりました」

「それで、取り逃がしたと申すのか」

「いいえ、逃がしてやったのです」

「何ゆえだ？　締め上げれば、《元締》が彼奴《あのもの》だと吐いたかも知れぬではないか」

島村が膝を叩いて詰め寄った。

「そこまで考えませんでした」

「何だと」

島村は、目を剝《む》いていたが、首を振ると、

「《黒太刀》の見当は？」と訊いた。

「付いております」

「誰だ？」

「今はまだ確証がございませぬゆえ、ご容赦《ようしゃ》を」

「其の方、何年臨時廻りをしている。儂《わし》の言うことを右から左に聞く者を臨時廻りにし、其の方なんぞ牢屋《ろうや》見廻りに移してもいいんだぞ」

「まあ、もう少し穏やかに」

「穏やかにさせねえのは、どっちが……」

気配を感じて詰所の入り口を見ると、内与力《うち》の三枝幹之進が詰所を覗き込んでいた。

「賑《にぎ》やかですな」

「何か」島村が訊いた。

「《黒太刀》の一件がどうなったか、ちと気になりましてな。進捗《しんちょく》具合を伺《うかが》おうかと」

「まだですな、目星が付くか付かぬか微妙なところだそうです」

「微妙とは、微妙な物言いでございますな」

「近々には、詳しい話が出来るかと」

「楽しみにしておりますぞ」

あちこちの詰所を覗いて回るつもりなのだろう、三枝はあっさりと引き上げた。

「微妙とは、どういうことだ？」

「島村様が仰《おお》せになられたのですが」

「そうか、儂か。そんな下らぬことを言うのは、其の方だとばかり思うておったわ」

島村が、楽しそうに笑っていた顔を、俄に引き締めた。

「いつかは、御奉行に《元締》が誰なのかを話さなければならぬ時が来る。その時のことを思うと頭が痛いぞ」

「まだ、どう転ぶか分からないのですが、もしかすると話さなくとも済むやも知れません」

「期待させたいのなら、期待させるだけのことを話してみろ」

「もう数日お待ち下さい。餌《えさ》は撒《ま》いたので、奴らが食い付いて来るのを待っておるのです」

「実《まこと》だな？」

「私が、空《から》約束をしたことがございましたか」

「あったはずだ。宮脇信左に思い出させようか」

「それには及びませぬ」

「臆《おく》しおって。自信がないのなら、大口を叩くでない」

「そろそろ外回りに出てもよろしいでしょうか。手の者を待たせておりますので」

　島村が、行け、とでも言いたげに、手の甲を振ってみせた。

「燻《いぶ》り出しに行くぜ」

軍兵衛らは、常盤橋御門を渡ると、金座《きんざ》の前を通り、本町三丁目から浮世小路に入った。《い組》のある瀬戸物町をゆらりと流し、そこからは伊勢町《いせちょう》堀《ぼり》沿いに歩いた。

中ノ橋を越えたところで、堀の向こう側を歩いている女に気が付いた。

昨夜の夜鷹の女だった。その前を男が歩いている。

千吉がそっと並びかけ、男は房五郎が橋場の先の寮に行く時に、送り迎えをしていた者だと教えた。

「どういたしやしょう？」

「出方を見ようじゃねえか」

荒布橋に差しかかる手前で、女がこちらへというような仕種《しぐさ》をした。橋を渡った。

昼見ると、四十を過ぎたばかりで肉置《ししお》きのよい女だった。

「橋場にございます川魚料理《川葦》の女将・破魔でございます。昨夜はご無礼をいたしました」

「名乗るとは殊勝《しゅしょう》じゃねえか」

「正体がばれてしまっていることは、昨夜で分かりましたもので」

「今日は何の用だ？」

「《元締》が、是非とも旦那にお目にかかりたいと申しておりまして、いかがでしょう、ご足労願えますでしょうか」

「願ってもねえことだ」

「では、こちらへ」

　と破魔が、思案橋《しあんばし》のたもとに舫《もや》っておいた小舟に軍兵衛を導くと、くるりと向きを変え、千吉らを遮《さえぎ》った。

「恐れ入りますが、親分衆はここでお待ち願います」

「何を吐《ぬ》かしやがる。そんな話が聞けるか」千吉が怒鳴《どな》った。「旦那をどこにつれて行こうってんだ？　俺たちも行くぜ」

　新六と佐平が、左右に散った。破魔と男を三方から囲む形になった。

「止《よ》さねえかい」軍兵衛が、小舟に乗り込みながら言った。

「でも、こいつらは旦那の命を狙ったんですぜ」千吉が舟の舳先《へさき》間近に立った。何かあれば、直《ただ》ちに飛び移れる位置だった。

「親分」と破魔が言った。「昨夜、あたしは旦那に命を助けられました。旦那の命は、あたしが一身に替えて守ります。信じてやっておくんなさいまし」

「信じてみようじゃねえか」軍兵衛が小舟に腰を下ろした。「こいつらの殺しは、欲得ずくではなかったってところによ」

ありがとさんにござんす。船頭の男が言った。

「お前さん、名は？」

「半三と申します」

「お前さんも、殺しをやるのかい？」

「あっしの務めは、殺すに足る悪党かどうか、裏を取ることでございやす」

小舟に乗り移り終えた破魔が、半三に言った。

「出しとくれ」

艪《ろ》が撓《しな》った。小舟が思案橋のほとりを離れた。

千吉が小舟を見送りながら、新六と佐平の名を呼んだ。

「新六は、直ぐさま舟を設《しつら》えて来い」

聞くと同時に、新六が勝手知った小網町の船宿に走った。

「佐平は旦那の乗った舟を追え。舟はこのまま下ってから、箱崎橋《はこざきばし》を潜《くぐ》って新大橋に向かうか、湊橋《みなとばし》を潜って永代橋に抜けるかのふたつにひとつだ。足が潰《つぶ》れるまで走れ」

佐平が舟を追って駆け出して間もなく、

「親分、お待たせいたしやした」

新六が舟を雇って来た。千吉を乗せると、舟は日本橋川に漕ぎ出した。

「どれだ？」

千吉が叫んだ。

「真っ直ぐです」

新六は、岸辺を走る佐平の指さす方向を口にした。

「深川に行かれると、探すのに厄介《やっかい》だ。急いで頼むぜ」

仙台堀《せんだいぼり》から木場《きば》にかけては、堀が迷路のように走っていた。

艪の音が高く軋《きし》んだ。

船番所を越え、永代橋の西詰に出た。橋の欄干《らんかん》から、佐平が顔と手を出し、方向を示した。舟は永代橋の東詰を目指した。

「やはり深川だぜ……」

千吉が苛立《いらだ》ちを顕《あらわ》にした。

軍兵衛を乗せた小舟は永代橋の東詰に程近い、佐賀町《さがちょう》に架《か》かる中ノ橋《なかのはし》の掘割に入って行ってしまったらしい。佐平が脇腹を押さえながら、下ノ橋のたもとで待っていた。

「佐平、ご苦労だったな。旦那は、この掘割のどこかにいるんだ。三方に分かれて探すぜ。もし旦那が危なそうな時は、呼子《よびこ》を吹くんだぞ、いいな」

三人が、東と南と北に散った。

その頃軍兵衛は、下ノ橋から十二町半ばかり掘割を東に入り込んだ、三十三《さんじゆうさん》間堂跡地《げんどう》の近くにいた。

前を行く破魔と半三が足を止めたのは、小さな閻魔堂《えんまどう》の前だった。

「ここかい？」

「左様で」と半三が答えた。

「えらく遠かったな」

「申し訳ございません」破魔が言った。

「まあ、いいやな。で、《元締》は？」

「ここにおります」

閻魔堂の中から、声が聞こえた。

「妙なところにいるじゃねえか」

「………………」

「そこは狭《せま》かねえかい？」

「一向に」

「なら、いいんだけどよ、隠れてないで、出て来たらどうだ。お前さんとは、挨《あい》拶《さつ》済みなんだからよ」

「本当に、私が誰だかご存じなのでございますね？」

「頭だと分かった時には、驚いたけどな」

「仕方ありませんな」

戸が開き、《い組》の頭・雷神の房五郎が姿を現わした。

「いつまでも露見しねえとは思っちゃおりやせんでしたが、まさかこんなに早いとは」

「手にかけた者どもの住まいが教えてくれたんだよ。お前さんの縄張りうちが多いとな。それが第一歩目だ。だが、まさか火消の頭だとは思わなかったぜ」

「隠れもいたしやせん。確かに私が殺しの《元締》でございます」

「何で、殺しなどを請け負った」

「御定法《ごじょうほう》の裏で、非道なことをする奴どもを許せなかったんでございますよ」

「それは俺らの務めだ。訴え出ればよいではないか」

「訴え、お裁きにかけるには、証が必要でやす。知恵のない者には証を見付けることは出来やせん。また、訴え出ると、知られたくない過去を話さねばなりやせん」

「だからといって、手前《てめえ》らが殺していい訳ではあるめえ」

「その通りでございやす。ですから、今日は御縄を頂戴《ちょうだい》する覚悟で参りやした。しかし、《い組》配下の者は、私が裏でしていたことを知りやせん。何とか、そのことを分かっていただいて、《い組》を存続させてやりてえと、そのためにはどうしたらいいのか、それを考えて、旦那に来ていただいた次第でございやして」

「勝手なことを言いやがって、こっちにも悩みがあるんだよ」

軍兵衛が雪駄《せった》で、雑草を踏み付けた。

「町火《まちび》消人足改《けしにんそくあらため》同心の野田耿之介や与力は、頭を疑うこともなく、江戸の町を火から守ろうと必死になっている。あの者らに、頭の裏の仕事を見抜けなかったからとお咎《とが》めを受けさせるのは忍びねえんだよ」

「私も、それが気掛かりでした。とくに野田様には惚れておりやしたもので。それに、何と申しても、御奉行様にご迷惑を」

「あんなのはいいんだ。汗水垂らして動いている訳ではないからな」

「そんな……」

「俺は、町屋の衆と一緒に泣いたり笑ったりする奴でなければ、信用しねえんだ」

「驚きました。面白い御方ですな」

「別に本当のことを言っているだけで、面白かねえんだよ。そんなことより、相談がある。《い組》が残り、野田たちにもお咎めがないって方法がひとつだけあるんだが、どうだ？　のるかい」

「承《うけたまわ》りやしょう」

雷神の房五郎が、身を乗り出した。

# 第七章　請け人・押切玄七郎《おしきりげんしちろう》

## 一

五月二十四日。

鷲津軍兵衛と《い組》の頭《かしら》・雷神の房五郎が、深川にある三十三間堂跡地近くの閻魔堂《えんまどう》で密談をしてから四日が過ぎた。

この日江戸は、厚い雲に覆《おお》われていたが、三日振りに静かな朝を迎えた。二日前から吹き荒れていた北西《いぬい》の風が、夜明けとともにぱたりと熄《や》んだのだ。

北西の風と南西《ひつじさる》の風は、これまでに何度も江戸に大火をもたらした。ために、火除《ひよ》け地や火除けの土手は、東西方向に作られているのである。大火に脅《おび》えていた町屋の衆は、ほっと胸を撫《な》で下ろして火種を熾《おこ》した。

風烈廻《ふうれつまわ》りと町火消人足《まちびけしにんそく》改《あらため》の同心《どうしん》が、終夜の見回りを終え、組屋敷に戻り、代わって定廻《じょうまわ》りを始めとする同心が市中に散った。

臨時廻りの軍兵衛も、そのひとりだった。傷《きず》の手当てを理由に加曾利孫四郎が休んでいるため、何かと駆り出されるのである。

何か一言悪態を吐くかと、定廻りの小宮山仙十郎は聞き耳を立てていたのだが、軍兵衛は硬い表情のまま手先を従えて、割り当てられた牢屋敷《ろうやしき》周辺を見回るべく、奉行所を後にして行った。

「ちょいと妙でござんした」

仙十郎の手先である岡《おか》っ引《ぴき》・神田八軒町の銀次が、軍兵衛を奉行所の門前で見送った時の様子を口にした。

「何かお悩みでもあるような、そんな感じとでも申しましょうか」

そう言って銀次は、気遣わしげに常盤橋御門の方に目を遣《や》った。

その頃軍兵衛は、中間《ちゅうげん》ひとりに岡っ引の千吉と下《した》っ引《ぴき》の新六と佐平をつれて、堀沿いを歩いていた。前方に竜閑橋が、その左手に鎌倉河岸が見えた。

五月七日の夜、鎌倉河岸の料理茶屋《石ノ戸》で《伊勢屋》弥右衛門が殺されたのが一連の事件の発端《ほったん》だった。

僅《わず》か十七日で、その《元締《もとじめ》》にまでお調べが進もうとは、軍兵衛自身考えてもいなかったことだった。《元締》は、既に軍兵衛の掌中にあった。

――手出しはしねえ。頭、お前さんに任せるからな。

四日前に、《元締》雷神の房五郎に言い渡した言葉だった。

この二日間、軍兵衛はほとんど寝ていなかった。いつ火事が起こるか、一日は奉行所に泊まり、一日は半鐘《はんしょう》の音を聞き逃すまいと、組屋敷で耳を澄ませていたのだった。

竜閑橋の手前で東に折れ、神田堀に沿って牢屋敷方向に向かった。

千吉も新六も佐平も、軍兵衛に倣《なら》って黙々と歩いた。

突然、半鐘が鳴った。連打されている。火元が近い。およそ五町《ちょう》（約五百五十メートル）か。

軍兵衛が、千吉が、新六、佐平が、半鐘の鳴る方角を探った。

「日本橋辺《あた》りと見ましたが」

「間違いねえ。突っ走るぜ」

《い組》の受持区域《なわばり》であった。町火消人足改の与力《よりき》と同心の指図《さしず》を受け、雷神の房五郎が差配をすることになる。

若い新六と佐平が先に立ち、通りを塞《ふさ》いでいる町屋の者どもを追い払った。

「邪魔だ邪魔だ。退《ど》け退け」

建ち並ぶ屋根瓦《がわら》の向こうで、黒煙が吹き上がっている。

「日本橋の手前でございやすね」

軍兵衛は一瞬、房五郎が瀬戸物町の家を炎上させたのかと思ったが、煙までの距離が違った。

火事場が近くなった。自身番《じしんばん》の者が、走る軍兵衛らに追走し、按針町《あんじんちょう》の線香問屋《田丸屋《たまるや》》儀助《ぎすけ》方から出火したのだと叫んだ。

「分かった。ありがとよ」

旦那《だんな》、大変《てえへん》だ。並んで来た千吉が、息を詰まらせると、喚《わめ》くように言った。

「《田丸屋》の隣は蠟《ろう》問屋の《櫨屋《はぜや》》、その隣は水油《みずあぶら》問屋の《島田屋《しまだや》》ですぜ」

「何てこった……」

水油問屋には、髪油にする椿油《つばきあぶら》や灯油《とぼしあぶら》にする菜種油《なたねあぶら》が山積みされている。それらに引火し、炎上したら、辺り一面が火の海になる。

火元近くのお店《たな》から、荷をのせた大八車が駆け出して来る。車を引いたり押したりしているのは、生《なま》っ白《ちろ》いお店者ではない。お店の名を染め抜いた法被《はっぴ》を羽織《はお》った、出入りの大工や左官などだ。荷物を無事に守れば、それなりの褒美《ほうび》がもらえる。荒っぽさを威勢のよさで誤魔化していた。

「退け、退かねえと、ぶち殺すぞ」

乱暴なことでは八丁堀の方が一枚上だった。大八車に突っ込むように走りながら、軍兵衛が叫んだ。

「うるせえ、手前《てめえ》こそ退きやがれ」

燃え盛る火元に吹き込む風が、走る軍兵衛の足許《あしもと》を擦《す》り抜けて行った。

火勢が増すとともに、火の壁が前方に立ちはだかった。

町火消人足改の与力らを探した。見当たらない。

何人かは奉行所に残っていたはずなのだが、まだ到着していない。

軍兵衛は、弥次馬《やじうま》の整理に千吉らを走らせると、自身は羽織を天水桶《てんすいおけ》に突っ込み、頬被《ほおかぶ》りして火の粉の舞い落ちる前方へと進み出た。

「危ねえ、危ねえ。下がらねえかい」

駆け寄って来たのは、《い組》の平人足だった。印半纏《しるしばんてん》に腹掛《はらがけ》、股引《ももひき》。火事装束が身に付いていた。数年の経験が、乱暴な口を利《き》かせるのだろう。居丈高《いたけだか》に追い返そうとして、相手が八丁堀だと気付き、声音《こわね》を改めた。

ている。


「旦那、でしたか」

聞いている暇はない。尋ねた。

「頭か小頭は、どこだ？」

平人足が、もう少し先の曲がり角を指さした。炎が時折《ときおり》地面を嘗《な》めながら走っている。

ふいに悲鳴が上がった。

丸い火の玉がすっと空中を流れ、五間程先の商家の瓦に落ちた。お店の者なのか、竜吐水《りゆうどすい》を掛けている。

軍兵衛の水に浸《ひた》した羽織から、湯気が立ち上り、見る間《ま》に乾き始めた。

軍兵衛は天水桶のところまで戻ると、羽織を桶に浸《ひた》し、水を被ってから、小頭の貴三郎の許に走った。貴三郎が驚いたような顔をして、軍兵衛を見た。

「頭は？」

貴三郎が、手にしていた革羽織を軍兵衛に見せた。革羽織の着用は、頭取《とうどり》だけに許されていた特権だった。

「頭は、どこだと訊《き》いているんだ」

貴三郎が、炎に包まれて燃え落ちようとしている《田丸屋》の右隣の商家を見た。

軍兵衛が目で追った。

蠟問屋《櫨屋》に向かいかけていた男が、振り向いた。

刺子《さしこ》長半纏の上に半纏を羽織り、手には刺子の手袋と手甲を、足には深足袋《ふかたび》と脚半《きやはん》を着け、頭には猫頭巾《ねこずきん》を被っていた。

猫頭巾は刺子の頭巾で、目のところだけが空《あ》いている、いわゆる目出し帽である。

目が軍兵衛に頷《うなず》いてみせた。頭だと、軍兵衛にも分かった。

火の粉を払い除《の》けながら、軍兵衛が駆け出した。

頭は動かずに、軍兵衛を見詰めている。

熱風が軍兵衛を包んだ。羽織の水気が一瞬のうちに吹っ飛んだ。熱い。

頭が右手を上げ、軍兵衛を指さした。放たれた竜吐水が、軍兵衛に降り注いだ。

「旦那」と頭が言った。「お別れの時が、来たようでございやす」

「…………」

「今更《いまさら》何も申し上げることはござんせんが、もっと早く旦那に会っていたらと思いやす」

「済《す》まねえな。俺の頭《あたま》では、こんな片《かた》の付け方しか思い浮かばねえんだ」

「何を仰《おっ》しゃいやす。ここらが消口《けしくち》って奴でさあ。さっ、これ以上話している暇《いとま》はござんせん。では」

頭は、背を向けると、竜吐水を浴びながら梯子《はしご》を上り始めた。

《い組》の人足たちから歓声が起こった。頭は、声に応《こた》えると、既に配置されていた纏持《まといもち》と交替した。

「旦那、焦《こ》げますぜ」

貴三郎が、戻り着いた軍兵衛に、水を潜《くぐ》らせた刺子長半纏と猫頭巾を持って来るよう平人足に命じた。

頭が纏を空に振り上げた。四十八本の帯紐《おびひも》・馬簾《ばれん》が小気味よく回った。頭目掛け、水が束になって飛んだ。更に大きな歓声が沸き起こっている。

刺子と頭巾が来た。軍兵衛は平人足の手を借り、水を含み、ぐったりと重くなったそれらを身に着けた。

「助かったぜ」

「無茶をなさる御方だ」

「いいか、正直に答えろ。『答えによっては』などという尻《けつ》の穴の小せえことは言わねえ」

「何でございやしょう？」

「お前は、どこまで知ってた？」

「…………」

貴三郎が、駆け回っている人足を呼び止め、何としても《櫨屋》で食い止めるよう指示した。

「水が足りねえ、もたもたするな」

「俺を信じろ」

貴三郎は問われても、反射的に、何を、と訊き返さなかった。それは知っていると言ったのと同じだった。ただ、そうだと、軍兵衛は貴三郎の口から聞きたかったのだ。

「可成《かなり》前から疑っていやした……」

「なぜ止めなかった？」

「あっしが頭だったら、同じことをしていたかも知れやせん」

「止めようとはしなかったんだな」

「…………」

「覚えておけ。お前は火消を束ねる跡取りだ。立派に務めろ。あっちの跡は継ぐんじゃねえぞ」

「お約束いたしやす」

「それを聞いて安心した。俺は誰にも言わねえ。お前も、墓場まで持って行くんだな」

「心得ておりやす」

櫨からとった木蠟が爆《は》ぜたのだろう、《櫨屋》の奥から、小さな地響きが立て続けに起こった。

「拙《まず》いな」

貴三郎が独《ひと》りごちたところに、町火消人足改の与力と同心が火事装束で現われた。野田耿之介もいた。

野田らが、猫頭巾を被っている軍兵衛に気付き、瞬間戸惑《とまど》ったような顔をした。

与力が眉根《まゆね》を寄せ、軍兵衛を睨《にら》み付けた時、人足たちがどよめいた。纏持が、猫頭巾を投げ捨てたのだ。

る。

「おい」と与力が、貴三郎に訊いた。「彼奴《あやつ》は死ぬ気か」

貴三郎は答えずに凝《じ》っと房五郎を見詰めた。炎に炙《あぶ》られた頰に涙が伝ってい

涙に気付いた与力が、その時になって纏持が房五郎であることを知った。

「どうなっているのだ？　申せ」

「後に願います。今は、頭の死に様を見てやっておくんなせえ」

房五郎が刺子長半纏を脱ぎ捨てた。竜吐水が飛んだが、火力の方が勝った。

房五郎と纏が一本の火の棒になった。

「頭」叫びながら貴三郎が飛び出した。

そのままでは焼け死んでしまう。軍兵衛が後を追い、叫んだ。

「小頭、手前まで死ぬ気か」

叫びに合わせて、空が光った。

何だ？　見上げた軍兵衛の頰を雨が叩《たた》いた。

雨は激しく降り続き、火事を消し止めて熄んだ。

軍兵衛が奉行所に戻り着いたのは、昼八ツ（午後二時）を回った刻限だった。

休む間もなく島村恭介から年番方与力《ねんばんかた》の詰所に呼び出された。

「町火消人足改の与力から、抗議が寄せられた。御役目違いのところに顔を出した、とな」

「無視して下さい」

「あの者には何も分かっていないのだ。だがな、其《そ》の方と違い、愚直な者には、それなりの使い道がある。叱《しか》っておいたと言うておくゆえ、そのつもりでな」

「島村様、私はいかに努《つと》めても年番方与力にはなれそうにありませんな。とても、そのようなことは言えませぬ」

「其の方の口から、努めて、などという言葉が出ようとは、思わなんだぞ」

島村が小さく笑いながら、茶を淹《い》れた。まあ、飲め。軍兵衛が即座に飲み干した。

もう一杯、飲むか。頂戴《ちょうだい》します。

「死んでもろおたのか……」

と島村が訊いた。

「生きていれば、捕えねばなりませぬゆえ」

「もし不承知と言われたら」

「恐らく斬《き》ったでしょう」

「それが分かっていたのか、これまでと思うたのか」

「ならば、ひっそりと死ねばよいものを、派手に死に花を咲かせてくれました。雷神の名の通りに」

「町では凄《すご》い人気だそうだな」

「江戸の町を救った神の化身《けしん》だそうでございます」

「気に入らぬのか」

「決して」

「これで、あの者どもによる殺しは、二度と起こらぬのだな」

「そのはずでございます」

「残りの者どもは、どういたすつもりだ?」

「恐れながら、私ひとりでお裁きを下しました」

「何?」島村の背が、ぐいと伸びた。「言うてみよ」

「《川葦》の女将《おかみ》・破魔、及び半三なる者は、二十年の江戸所払いといたしました」

「何ゆえ二十年なのだ?」

「そんなものかと、適当に言っただけでして……」

「其の方、出過ぎたとは思わぬのか」

「思いました。確かに、出過ぎておりました」

「それで《黒太刀》は？」

「あの者が残っているのですが、何といたしましょうか。今ちと悩んでおります」

「何があっても立ち合うなよ。その時は、捕り方を出すからな」

「勝てませぬゆえ、立ち合う気はございません」

「そうか。熱気に炙られて、少しは賢くなったようだな」

二

五月二十五日。五ツ半（午前九時）。

例繰方《れいくりかた》に出す書付の清書をしている時に、留松の子分の福次郎が奉行所を訪れて来た。

「若様のお嬢様が、旦那に用があると仰しゃるので、おつれいたしやした」

若様のお嬢様とは誰のことなのか、分からなかった。福次郎について大門裏の控所に行った。

蕗がいた。

福次郎は留松から、何か御用があるといけねえからと、奉行所の控所に行くよう言われ、来てみると蕗が、気後れしたのか奉行所の門前に佇《たたず》んでいたらしい。

「何か用かな？」

「父からこれをお渡しするよう言付《ことづ》かって参りました」

蕗が懐《ふところ》から書状を取り出した。左封じ。果たし状だった。気が付いたのか、福次郎の表情が硬い。

「お返事をいただきたいと申しておりました」

「少し待っておれ」

「はい」

蕗と福次郎が控所の畳に座った。

軍兵衛は誰にも見られぬように果たし状を開封し、手早く読んだ。簡潔な内容だった。

日時と場所が指定してあるだけだった。

『明日　昼九ツ（十二時）　日光御成道《にっこうおなりみち》　吉祥寺裏《きっしょうじ》　丹後ケ原《たんごがはら》』

湯島聖堂を過ぎ、吐血した浪人・永井相司郎が担《かつ》ぎ込まれた妙立寺の前を通り、中山道を北に進むと、加賀前田家の上屋敷の外れにある追分《おいわけ》に出る。左は板橋宿に通じる中山道で、右は日光御成道、別名岩槻道《いわつきどう》であった。曹洞宗《そうとうしゅう》の古刹《こさつ》・吉祥寺は日光御成道を更《さら》に下ったところにある。その裏手一帯は、かつて堀丹後守の下屋敷だったことから、丹後ケ原と呼ばれていた。

（そっちの縄張りか……）

しかし、この一件に終結《けり》を付けるためには、行かなければならなかった。

承諾した旨《むね》したため、十手《じって》を背帯に差した。

控所の蕗に返書を渡し、訊いた。

「真っ直《す》ぐ帰るのか」

「はい」

「ならば、そこまで送ろう」

奉行所を出た。二歩遅れて蕗が、それより数歩遅れて福次郎が付いて来る。

常盤橋御門を通り、北に折れ、竜閑橋の方に向かった。

軍兵衛が蕗に並ぶように言い、歩調を緩《ゆる》めた。蕗が胸の厚み半分遅れて並んだ。

「お父上の書状だが、何が書かれていたのか、そなたは知っているのか」

軍兵衛の目の隅で、蕗の頭が小さく横に動いた。

「でも、父の様子がいつもと少し違っておりました。何かよくないことが始まろうとしていることは分かります」

「そなたはお父上が大好きなようだな」

「はい」

軍兵衛が、僅かに歩みを遅らせた。蕗の肩が並んだ。蕗が眩《まぶ》しげに顔を上げた。

「竹之介は、そなたを好いているらしい」

「…………」

蕗が俯《うつむ》いた。

「蕗も、竹之介のことを好いていてくれるのかな」

「……はい」

「それはよかった。私も栄も、蕗が大好きだ」

蕗が、はにかんだような笑みを見せた。

「そなたらは若い」と軍兵衛が言った。「これから先、いろんなことが起こるだろう。その時一番大切なことは、何があっても、相手を信じるということだ。竹之介のことを好いていてくれよ」

「…………」

蕗は何か言おうとしたが、思いを飲み込むと、足を止めて言った。

「ありがとうございました。ここからは、ひとりで帰ります」


五月二十六日。

福次郎が千吉らとともに、早朝から組屋敷の木戸口に佇んでいる。軍兵衛が姿を現わすのを待っているのだ。

「何かございましたか」

栄が目敏《めざと》く、福次郎に気付いた。

「留松に頼まれてな、一人前の下っ引になれるようつれ回しているのだ」

「まあ、お気の毒に」

「どっちが、だ？」

「私の口からは、とても」

栄が軽口を叩いた。機嫌のよい証《あかし》だった。

「行くぞ」

福次郎が、見送る栄と竹之介に挨拶《あいさつ》し、千吉らの後に続いた。

奉行所で雑務を済ませ、見回りと称して外に出た。近間《ちかま》を回るだけだからと言って、千吉らには夕刻まで暇を与えた。縄張り内を歩くことになるのだろう。

「誰にも言わなかっただろうな」

福次郎に訊いた。押切玄七郎からの書状について、昨日堅く口止めしておいたのだった。

「決して誰にも」

「よし」

軍兵衛は、福次郎に行き先を伝え、前を歩くように言った。

「俺は着くまでの一刻《いっとき》ばかりを、考えごとに当てるからな。何も話しかけるなよ」

「承知いたしやした」

福次郎が歩き始めた。軍兵衛は福次郎の背中を見ながら、押切玄七郎の太刀筋《たちすじ》について考えた。腰物方《こしものかた》の妹尾周次郎と臨時廻り同心・加曾利孫四郎が話してくれた小出流の技に対し、どう対応すればよいのか。正眼《せいがん》から、太刀を寝かせる。その太刀を振り上げ、袈裟《けさ》に斬り下ろす。どうすれば……。

昌平橋を渡った。走るのは、どうだろうか。何合か打ち合った後、刀を撥《は》ね上げられ、据え物のように斬られるのなら、駆け回るのも手か。しかし、いかに動いていても、勝つためには、どこかで打ち込まねばならない。その時、刀を撥ね上げられたら……。

そうではない。小出流に勝つ方法は、そんなところにはない。

前田家の上屋敷を通り、追分を右に進んだ。峰《みね》だ。小出流の太刀筋は、峰で相手の刀を撥ね上げてからの攻撃にある。ここだ。斬りかかる。玄七郎が峰で受け、撥ね上げる。受けの剣が、次の瞬間、攻撃に転ずる。

見えたぞ。斬りかかる。峰で受け、撥ね上げる。その時、太刀はくれてやり、脇差を抜いて、間合に踏み込んだら、どうなるか。

それに懸けるか。

福次郎の足が止まった。吉祥寺に着いたのだ。

山門の側《そば》に、掃除をしている僧がいた。丹後ケ原に抜けるには、どう行けばいいのか、尋ねた。

僧が一方の林を指さした。

「林の小道を行きなされ。一本道ゆえ、迷うことはないでしょう」

僧に礼を言い、小道に入った。

「旦那」と福次郎が言った。手と足が震えている。

「大丈夫でやすよね？」

「分からん」

「分からんじゃ困るんですよ。勝つと仰しゃってくれたっていいじゃねえですか」

「とても、言えぬ」

「だったら、どうしておいらをつれて来たんでやすか。小網町の大親分だって、新六の兄《あに》ィだっていいじゃねえですか」

「騒ぐな。何とか立ち合わずに済むよう説いてみる」

「それならそうと言って下さいよ。おいらがどれだけ心配……」

「もう黙れ。相手は来ている」

林の向こうが明るくなった。もう少しで、林が尽きる。

「……分かるんでやすか」

「分かる」

福次郎の足が鈍《にぶ》り、軍兵衛の背後に回った。

林が切れた。

押切玄七郎は、十間程先の倒木に腰を下ろしていた。静かな身のこなしで立ち上がると、

「身勝手な果たし合いをお受けいただき、御礼を申し上げる」

凛《りん》とした声が、木立に囲まれた原に響いた。

「待ってくれ。俺には立ち合う気などない」

「では、何ゆえ、果たし状を受けられた」

「押切殿に言いたいがためだ。押切殿らが手を下した一連の殺しは、誰も知らぬこと。黙っておれば分からぬ。我らが立ち合う理由《ことわり》はないのだ、とな」

「貴公が知っておるではないか」

「誰にも言わぬ。殺しの請け人が押切殿だと知っているのは、俺ひとりだけなのだ。その俺が言わぬと言うておるのだぞ」

「信じられぬし、信じたいとも思わぬ。恩ある頭と隼に供《そな》えるためだ。貴公を斬る」

「確かに、頭と隼の八は死んだ。しかし、破魔と半三は生きている。仲間と殺した者の菩提《ぼだい》を弔《とむら》えばよしとして、捕えもせずに、江戸所払いで済ませたのだ。お主もそうしろ。御新造《ごしんぞ》と蕗殿がおられるではないか」

「私は妻の病を言い訳に、人を斬った。極悪非道な者であり、殺した方が世間のためと言われ、納得してな。そのことを弁解するつもりはない。だが、発覚してしまったからには、それを隠してまでして、ここに留まることは出来ぬ」

「では、どうしたいと言われるのか」軍兵衛が訊いた。

「近江という土地を知っておられるか」

話の繋《つな》がりが分からず、軍兵衛が思わず尋ねた。

「あの京の方にある?」

「行かれたことは?」

「ない」

「行きたいと思われたことは?」

「ない」

「私は行ってみたいのだ。近江に限らず、様々なところにな」

「…………」

「此度《こたび》のことで路銀を作る術《すべ》は身に付けた。私の所業を知っているのが鷲津殿ひとりなら、好都合というもの。貴公を斬って口を封じ、後はふたりをつれて、この地を脱するのみ」

黒鍬《くろくわ》暮らしに嫌気が差したのだ。それが私だ、と玄七郎が言った。

「十分分かった。俺は町方《まちかた》だ、御家人《ごけにん》に御縄をかけることは出来ねえ。だが、押切殿の思いを知った以上は仕方ねえ、立ち合うか」

「貴公に勝ち目はないぞ」

「やってみなければ分からねえ」

その通りだ、と玄七郎が言った。

「万一負けた時のために言っておくが、私のして来たことを妻も娘も知らぬ」

「俺も言う気はない」

「もし私が負けるようなことがあれば、この刀を売ってくれ。当座の暮らしは賄《まかな》えよう」

「承知した」

軍兵衛が福次郎を指し、俺が負けた時には、と言った。

「押切殿がこの地を去るまで口を噤ませておくゆえ、この者に俺の亡骸《なきがら》を運ばせてくれ。野晒《のざら》しにする訳にもいかぬのでな」

「心得た。よい覚悟だ」

「分かったな」

軍兵衛が福次郎に言った。福次郎が頷いた。返事をしろ。へい。福次郎が咽喉《のど》から声を押し出すようにして答えた。

「参る」

軍兵衛は刀を抜くと、横に走った。玄七郎が間合を崩さず並走した。軍兵衛の太刀が閃《ひらめ》いた。玄七郎が、難無く躱《かわ》した。更に二合斬り合ってから左右に分かれた。玄七郎は強かった。剣を振《ふる》う速度が違った。剣が唸《うな》り声を上げていた。

正眼に構《かま》えていた玄七郎の剣が、腹を見せて、横に寝た。斬りかかれば刀を撥ね上げられることは目に見えていた。しかし、そこにしか活路は無かった。

正眼から小手に打ち込んだ。玄七郎の剣が軍兵衛の剣の上を滑るようにして襲いかかって来た。切《き》っ先《さき》が、軍兵衛の羽織と着物を裂いた。

勝てる相手ではなかった。どうすればよいのか。ただひとつ見付けた活路に懸けるしかなかった。

「参られい」玄七郎が余裕のある声を出した。

斬り込んだ。玄七郎の剣が峰で受け、軍兵衛の剣を巻き込むようにして、虚空《こくう》へ撥ね上げた。

（ここだ）

軍兵衛は撥ね上げられた大刀を捨て、脇差に手をかけた。

「それまでだ」

玄七郎の剣が軍兵衛の目の前にあった。切っ先に微塵《みじん》の揺らぎもない。

振り上げた剣を、凄《すさ》まじい速度で振り下ろしていたのだ。

「気の毒だが、死んでもらおう。冥途《めいど》の土産《みやげ》に見るがよい。小出流《雷神》」

玄七郎が太刀を振り上げたのと同時に、黒い塊《かたまり》が、腰に匕首《あいくち》をためた福次郎が、飛び出して来た。

福次郎は玄七郎の脇腹深く匕首を突き刺すと、喚《わめ》き声を上げ、四つん這《ば》いになって逃げ惑っている。

「馬鹿野郎」軍兵衛が怒鳴《どな》った。「手前《てめえ》、何てえことをした」

だったら、どうすりゃいいんだ。福次郎が手足を泥だらけにして喚いた。

「十手はくれねえし、これしか旦那を守る方法がねえじゃねえか」

よいのだ、と玄七郎が刀を支えにしながら言った。

「薬料のためとは言え、人を殺《あや》めてきたのだ。生きていようとは、最初《はな》から思うておらなんだ」

息苦しげに玄七郎が咳《せき》をした。血の塊が飛び散った。玄七郎の目が動きを止めた。何かを見ている。軍兵衛は、玄七郎の目の先にあるものを見た。

蕗が、林の入り口に立っていた。握《にぎ》り締めた拳《こぶし》が、身体の両側で震えている。

「父上」

駆け寄って来た。玄七郎の身体が崩れ落ちた。

「父上……」

蕗が、父の脇腹に刺さった匕首に手を伸ばそうとした。

「抜くな。抜いたら、直ぐに死んでしまうぞ」

軍兵衛が言った。蕗の手が宙を泳いだ。

「後を尾《つ》けてきたのか」玄七郎が訊いた。

蕗が頷いた。

「父は、人として、してはならぬことをした。だが、蕗は恥じるな。それが、そなたの父が選んだ道だったのだ……」

「はい」

蕗の目から涙が溢《あふ》れ、頰を伝った。

「小夜は何も知らぬ。何も言うな。小夜を頼むぞ」

「母上が、見て来いと」

「言ったのか」玄七郎に悲痛な思いが奔《はし》った。

「はい」

「蕗、私はよい。直ぐ家に戻れ。小夜の様子を見て参れ」

「でも……」

「行け。小夜の身が案じられる」

蕗が一目散に駆け出して行った。

「福次郎、手前《てめえ》も走れ。走って、見て来い」軍兵衛が叫んだ。

「旦那、俺は、俺は、今度こそ旦那を助けようと」

「いいから、走れ」

福次郎が林に飛び込んだ。

「蕗を頼む」

「承知した」

「それと……」玄七郎が懐を探り、書状を取り出した。「これを、組頭に。頼む」

「何が書かれているのだ？」

「すべてを記した」

「そんなことをしたら、押切の家はどうなる？」

「構わぬ。師の桑沢家も途絶えた。弟子の押切家も途絶え、小出流が絶える。それでよいのだ」

「蕗を咎人《とがにん》の子にはさせられねえ」

軍兵衛が書状を破こうとした。

「やめろ」

そんなことをしてみろ。黒鍬と八丁堀の戦になるぞ。私が八丁堀に殺されたと思うてな。

やがて、福次郎が駆け戻って来た。

「どうだった？」

福次郎は一瞬話すのをためらったが、玄七郎の目に圧《お》され、口を開いた。

「自害しておられました」

「蕗は？」

「側におられましたが」

「もう一度走ってくれ。今度は黒鍬の組頭だ。大至急、ここに呼んで来てくれ。名前は……」

「真崎《まざき》、真崎茂兵衛《もへえ》」玄七郎が震える声で言った。

「急げ」

福次郎が再び林を突っ切って行った。

玄七郎は、組頭の真崎が到着する前に事切れてしまっていた。

真崎は書状を読み終えると、破り捨て、病死だ、と言った。

「病死なれば、町方の手を煩《わずら》わせることはござらぬの」

真崎が色の褪《あ》せた羽織を脱ぎ、玄七郎に被せた。

羽織に小さな丸いものが落ちて来た。雨だった。

「雨の通夜は、嫌だの」

真崎が誰に言うともなく呟《つぶや》いた。

三

雨は夜になって本降りとなった。

軍兵衛は奉行所出入りの駕籠《かご》屋を組屋敷に呼び、栄と竹之介の三人で通夜に向かった。往復約五里、しかも夜である。三挺《ちょう》の駕籠に、交替の駕籠舁《か》きが六人付いた。

駕籠を待たせ、組屋敷が建ち並ぶ坂を下り、押切の家を訪ねた。

暗い屋内に、十名程の人がいた。

傘を畳み、土間に入り、案内を乞《こ》うた。

黒鍬の者が出て来た。軍兵衛が名乗った。

奥から真崎茂兵衛が現われた。

焼香をするように言われ、家に上がった。畳はなく、板床に薄縁《うすべり》が敷かれていた。

押切玄七郎と妻の小夜の亡骸は、奥の中央に、北向きに寝かされ、顔に白布が被せられていた。枕許には逆さ屛風《びょうぶ》が立てられており、その前に蕗が座っていた。

「蕗さん」

栄が、蕗の手を取り、摩《さす》った。

「力を落としては駄目ですよ。あなたは若いのですからね。これから、楽しいことはたくさんあるのですからね」

軍兵衛と竹之介が焼香を済ませた。

「何もありませんが」

真崎に呼ばれ、軍兵衛と竹之介は、酒の膳《ぜん》の前に座らされた。

「夜伽見舞《よとぎみま》いに参りました」

組屋敷の者たちが、三々五々焼香に訪れた。

土間の片隅では男衆が集まり、何かを拵《こしら》えている。竹之介が見ているのに気付いた真崎が、草履を編んでいるのだと話した。

「黒鍬の家では、葬式で使うものは、新しいものを作るのです。いつもなら、外でするとなのですが、雨ですので、略儀ながらと言う訳です」

隣の家では棺桶《かんおけ》を作っているのだと言い、竹之介に見に行くかと訊いた。

「いいえ……」

竹之介が蕗の方を見た。蕗は栄の肩に顔を埋《うず》めて泣いている。

「どうするね、蕗ちゃんひとりじゃ暮らせねえし、何せここは組屋敷だからな」

黒鍬の者なのだろう、真崎の隣に座り込むと、大きな声を出している。

「明日には、伯父御《おじご》が着くだで、そこで相談するのがよかろうよオ」

真崎が、軍兵衛らに対するのとまったく違う言葉遣いをした。

「そろそろお暇《いとま》するか」

軍兵衛が竹之介に言った。

「母上を呼んで参れ」

竹之介が立って、母の脇に腰を下ろした。

蕗が栄の肩から顔を上げた。

竹之介の手がおずおずと伸び、蕗の肩にのった。竹之介の口が開き、何か言おうとして、閉じた。

「足許のお悪い中、忝《かたじけの》うござった」

真崎と蕗に見送られ、駕籠に戻った。

雨が駕籠の中にも吹き込んで来た。


寺での葬儀が終わった。

父も母も、土の下に埋められてしまった。

蕗は、言いようのない寂しさに震えながら組屋敷に戻った。

土間は藁屑《わらくず》で汚れ、蔀戸《しとみど》は棺桶を入れるために一部が壊されていた。

家の中には何もなかった。借りた屛風や湯飲みは既に返されており、鍋に残っていた煮物も食べ尽くされ、洗われてしまっていた。僅かにあった布団などは、すべて貰《もら》い手がつき、それぞれの家に引き取られている。

この家は、今日から明屋敷《あけやしき》となり、住むことは許されない。

「蕗」

外で伯父の声がした。母・小夜の兄である。

背には、父が腰に差していた黒拵えの刀があった。伯父に、無理矢理買い取られたのだった。

その金で葬儀が出せ、また引き取り、育ててもらえるのだから、口答えは出来なかった。

葬儀を手伝ってくれた黒鍬の衆が、別れを惜しみ、去って行った。

「それでは、先に帰っているからね」と伯父が言った。「御用が済んだら、直ぐに追いかけて来るのだよ」

伯父は、それだけ言うと、忍《おし》の御城下から同行して来た黒鍬者に、背中の刀を自慢げに見せている。

蕗は、家に駆け込み、両親の位牌《いはい》と僅かばかりの母の形見の着物を包んだ風呂敷を抱えた。

家を出た。振り返って、家を見た。涙が湧《わ》き上がって来た。目を閉じ、走った。

街道に出た。歩いた。ずんずんと歩いた。竹之介と栄がいた。

「蕗」

「竹之介様」

「どこに行くのだ？」

「竹之介様にご挨拶に行こうとしていたのです」

「それから」

「伯父の家に参ります」

「伯父上の家は、どこです？」栄が訊いた。

少し遠いのだ、と蕗が言った。中山道を行き、鴻巣《こうのす》の先の追分で折れて、二里。伯父の家は忍の御城下です。

話しているうちに、栄と竹之介がどうしてここにいるのか不思議に思い、蕗が尋ねた。

「私たちも、陰ながら野辺の送りをさせていただきました。そして、我慢出来なくなって、ふたりで蕗さんの顔を見に来たのです」

　蕗さん、と栄が言った。

「よかったら、八丁堀にいらっしゃい。必ず身の立つようにして上げます。大きくなり、その時までふたりの気持ちが変わらなければ、竹之介と添うのもよいでしょう」

「出来ません」

　蕗の顔からは、拒み通そうという強い意志が窺《うかが》えた。

「どうしてです？」

「父は咎人です。竹之介様に傷が付きます」

「誰がそのようなことを」

「父が。それに母も、いつかそのようなことを。刀の鑑定では高いお薬は買えぬと」

「お母上は、そのことを嘆《なげ》いておられましたか」

　蕗が、首を横に振った。

「蕗さんのお父上は、出来る限りのことを、お母上とあなたのためになされたのです。あなたは胸を張ってお父上のことを語りなさい。もし、お父上が何か、御《ご》定法《じょうほう》に触れることをしていたとしても、我欲のためにしたことではありませぬ。許して差し上げなさい」

「でも……」蕗が思い切ったように、口を開いた。

「何です」

「竹之介様のお父上様は、父の仇《かたき》です。直接お手は下されずとも、仇は仇です。竹之介様も、お母上様もお父上様も、皆大好きです。でも、父の仇に甘えることは出来ませぬ」

「蕗さん、それでよいのですか。竹之介、何か仰しゃい」

「私は、蕗さんが好きだ。それを忘れないでほしい。そして、一年でも二年でも、いや五年でも十年でもいい、もし帰って来たくなったら、会いに来てほしい。待っている」

「……はい」

「必ず来るのだぞ」

竹之介が懐から紙入れを取り出した。

「私の持っている金子《きんす》のすべてだ。何かの時に使え」

そして脇差を鞘《さや》ごと抜き取ると、蕗に渡した。

「これで身を守れ。江戸に来れば、私が守ってやる」

蕗の頰を、涙が伝っている。

「ほんの少しの間だけ、さらばだ」

竹之介に応えるように頭を下げると、蕗が街道を駆け出した。

「蕗さんは立派です。そなたも立派です。蕗さんは戻って来ます。あれで戻って来なければ、女ではありません」

「母上なら」

「明日にも戻ります」

竹之介の目にも涙が溢れた。

蕗の行った方向に、島村家に仕《つか》えていた中間の家があった。幼い鷹が、乳離れするまで、と身を預けてある。

「鷹に会うのは、日を改めましょう。早く帰って父上に話して上げねば。竹之介が大人への入り口を踏み越えました、と」

「越えたのですか」

「越えました。それも立派に」

参考文献

『江戸・町づくし稿　上中下別巻』岸井良衞著（青蛙房　二〇〇三年、四年）
『五街道細見』岸井良衞著（青蛙房　一九五九年）
『大江戸復元図鑑〈庶民編〉』笹間良彦著画（遊子館　二〇〇三年）
『大江戸復元図鑑〈武士編〉』笹間良彦著画（遊子館　二〇〇四年）
『資料・日本歴史図録』笹間良彦編著（柏書房　一九九二年）
『図説・江戸町奉行所事典』笹間良彦著（柏書房　一九九一年）
『江戸時代選書6　江戸町奉行』横倉辰次著（雄山閣　二〇〇三年）
『江戸時代選書7　御家人の私生活』高柳金芳著（雄山閣　二〇〇三年）
『江戸時代選書10　江戸庶民の暮らし』田村栄太郎著（雄山閣　二〇〇三年）
『第一江戸時代漫筆　江戸の町奉行』石井良助著（明石書店　一九八九年）
『考証「江戸町奉行」の世界』稲垣史生著（新人物往来社　一九九七年）
『江戸の出合茶屋』花咲一男著（三樹書房　一九九六年）
『〈江戸〉選書8　江戸店犯科帳』林　玲子著（吉川弘文館　一九八二年）

注・本作品は、平成十八年四月、ハルキ文庫（角川春樹事務所）より刊行された、『北町奉行所捕物控　黒太刀』を著者が加筆・修正したものです。

# 一〇〇字書評

切り取り線

黒太刀

**購買動機**（新聞、雑誌名を記入するか、あるいは○をつけてください）

| | |
|---|---|
| □（　　　　　　　　　　）の広告を見て | |
| □（　　　　　　　　　　）の書評を見て | |
| □ 知人のすすめで | □ タイトルに惹かれて |
| □ カバーが良かったから | □ 内容が面白そうだから |
| □ 好きな作家だから | □ 好きな分野の本だから |

・最近、最も感銘を受けた作品名をお書き下さい

・あなたのお好きな作家名をお書き下さい

・その他、ご要望がありましたらお書き下さい

| | | | | | |
|---|---|---|---|---|---|
| 住所 | 〒 | | | | |
| 氏名 | | 職業 | | 年齢 | |
| Eメール | ※携帯には配信できません | 新刊情報等のメール配信を 希望する・しない | | | |

この本の感想を、編集部までお寄せいただけたらありがたく存じます。今後の企画の参考にさせていただきます。Eメールでも結構です。

いただいた「一〇〇字書評」は、新聞・雑誌等に紹介させていただくことがあります。その場合はお礼として特製図書カードを差し上げます。

前ページの原稿用紙に書評をお書きの上、切り取り、左記までお送り下さい。宛先の住所は不要です。

なお、ご記入いただいたお名前、ご住所等は、書評紹介の事前了解、謝礼のお届けのためだけに利用し、そのほかの目的のために利用することはありません。

〒一〇一-八七〇一
祥伝社文庫編集長　坂口芳和
電話　〇三（三二六五）二〇八〇

祥伝社ホームページの「ブックレビュー」からも、書き込めます。

http://www.shodensha.co.jp/bookreview/

祥伝社文庫


黒太刀《くろだち》　北町《きたまち》奉行所《ぶぎょうしょ》捕物《とりもの》控《ひかえ》

平成30年 4 月20日　初版第 1 刷発行

著　者　長谷川《はせがわ》　卓《たく》
発行者　辻　浩明
発行所　祥伝社《しょうでんしゃ》
東京都千代田区神田神保町 3-3
〒101-8701
電話　03（3265）2081（販売部）
電話　03（3265）2080（編集部）
電話　03（3265）3622（業務部）
http://www.shodensha.co.jp/

印刷所　堀内印刷
製本所　ナショナル製本
カバーフォーマットデザイン　中原達治





Printed in Japan ©2018, Taku Hasegawa ISBN978-4-396-34410-8 C0193

# 祥伝社文庫の好評既刊

長谷川 卓
## 雪のこし屋橋
新・戻り舟同心

静かに暮らす遠島帰りの老爺に、忍び寄る黒い影――。永尋＝迷宮入り事件を追う、老同心は粋な裁きを下す。

長谷川 卓
## 百まなこ
高積《たかづみ》見廻り同心御用控①

江戸一の悪を探せ。絶対ヤツが現われる……南北奉行所が威信をかけて、捕縛を競う義賊の正体とは？

長谷川 卓
## 犬目《いぬめ》
高積見廻り同心御用控②

江戸を騒がす伝説の殺し人〝犬目〟を追う滝村与兵衛《たきむらよへえ》。持ち前の勘で、真実を炙《あぶ》り出す。名手が描く人情時代。

長谷川 卓
## 目目連《もくもくれん》
高積見廻り同心御用控③

殺し人に香具師《やし》の元締、謎の組織〝目目連〟が跋扈《ばっこ》するなか、凄腕同心・滝村与兵衛が連続殺しの闇を暴く！

今村翔吾
## 火喰鳥《ひくいどり》
羽州《うしゅう》ぼろ鳶《とび》組

かつて江戸随一と呼ばれた武家火消・源吾《げんご》。クセ者揃いの火消集団を率いて、昔の輝きを取り戻せるのか!?

今村翔吾
## 夜哭烏《よなきがらす》
羽州ぼろ鳶《とび》組②

「これが娘の望む父の姿だ」火消としての矜持を全うしようとする姿に、きっと涙する。最も〝熱い〟時代小説！

# 祥伝社文庫の好評既刊

今村翔吾
**九紋龍《くもんりゅう》** 羽州ぼろ鳶《とび》組③

最強の町火消とぼろ鳶組が激突!? 残虐な火付け盗賊を前に、火消は一丸となれるのか。興奮必至の第三弾!

今村翔吾
**鬼煙管《おにきせる》** 羽州ぼろ鳶《とび》組④

源吾京都を未曾有の大混乱に陥れる火付犯の真の狙いと、それに立ち向かう男たちの熱き姿!

小杉健治
**札差殺し** 風烈廻り与力《よりき》・青柳剣一郎《あおやぎけんいちろう》①

旗本の子女が自死する事件が続くなか、富商が殺された。頬に走る刀傷が疼《うず》くとき、剣一郎の剣が冴える!

小杉健治
**火盗《かとう》殺し** 風烈廻り与力・青柳剣一郎②

江戸の町が業火に。火付け強盗を利用するさらなる悪党、利用される薄幸の人々のため、怒りの剣が吼える!

佐伯泰英
完本 **密命** 巻之一 見参! 寒月霞《かすみ》斬り

豊後《ぶんご》相良藩《さがらはん》二万石の徒士組《かちぐみ》・金杉惣三郎《かなすぎそうざぶろう》は、藩主・斎木高玖《さいきたかひさ》から密命を帯びる。佐伯泰英の原点、ここにあり!!

佐伯泰英
完本 **密命** 巻之二 弦月《げんげつ》三十二人斬り

御家騒動から七年後。相良藩の江戸留守居役となった惣三郎は、将軍家をおびやかす遠大な陰謀を突き止める。

# 祥伝社文庫の好評既刊

辻堂 魁

## 風の市兵衛

さすらいの渡り用人、唐木市兵衛《からきいちべえ》。心中事件に隠されていた奸計《かんけい》とは？ 〝風の剣〟を振るう市兵衛に瞠目！

辻堂 魁

## 雷神

風の市兵衛②

豪商と名門大名の陰謀で、窮地に陥った内藤新宿の老舗。そこに〝算盤《そろばん》侍〟の唐木市兵衛が現われた。

辻堂 魁

## 帰り船

風の市兵衛③

舞台は日本橋小網《こあみ》町の醤油問屋「広国《ひろくに》屋」。市兵衛は、店の番頭の背後にいる、古河《こが》藩の存在を摑むが――。

辻堂 魁

## 月夜行《つきよこう》

風の市兵衛④

狙われた姫君を護《まも》れ！ 潜伏先の等々力《とどろき》・満願寺《まんがんじ》に殺到する刺客たち。市兵衛は、風の剣を振るい敵を蹴散らす！

辻堂 魁

## 天空の鷹《たか》

風の市兵衛⑤

息子の死に疑念を抱く老侍。彼の遺品からある悪行が明らかになる。老父とともに、市兵衛が戦いを挑んだのは⁉

辻堂 魁

## 風立ちぬ㊤

風の市兵衛⑥

〝家庭教師〟になった市兵衛に迫る二つの影とは？ 〈風の剣〉を目指した過去も明かされる、興奮の上下巻！

# 〈祥伝社文庫　今月の新刊〉

**内田康夫**
**神苦楽島《かぐらじま》（上・下）**
路上で若い女性が浅見光彦の腕の中に倒れ込んだ。それは凄惨な事件の始まりだった！

**五十嵐貴久**
**炎の塔**
超高層タワーで未曾有の大火災が発生。消防士・神谷夏美は残された人々を救えるのか⁉

**梶永正史**
**ノー・コンシェンス**　要人警護員・山辺努
凄絶な銃撃戦、衝撃のカーチェイス。元自衛官のボディーガードが悪に立ち向かう！

**鳴神響一**
**謎ニモマケズ**　名探偵・宮沢賢治
宮沢賢治がトロッコを駆り、銃弾の下をかい潜る。手に汗握る大正浪漫活劇、開幕！

**森村誠一**
**終列車**
松本行きの最終列車に乗り合わせた二組の男女の背後で蠢く殺意とは？

**小杉健治**
**幻夜行**　風烈廻り与力・青柳剣一郎
旅籠に入った者に次々と訪れる死。殺された女中の霊の仕業か？　剣一郎、怨霊と対峙す！

**長谷川卓**
**黒太刀**　北町奉行所捕物控
人の恨みを晴らす、義の殺人剣・黒太刀。臨時廻り同心・鷲津軍兵衛に迫り来る！

**芝村涼也**
**魔兆**　討魔戦記
討ち取りそこねた鬼は、さらなる力を秘めていた！　異能と異形が激突する江戸怪奇譚。

**風野真知雄**
**縁結びこそ我が使命**　占い同心　鬼堂民斎
救えるか、天変地異から江戸の街を！　隠密同心にして易者の鬼堂民斎が鬼占いで大奮闘！

**佐々木裕一**
**剣豪奉行　池田筑後**
この金獅子が許さねぇ！　上様より拝領の宝刀で悪を斬る。南町奉行の痛快お裁き帖。